潜江诗选

（1979-2015）

黄明山 让青 ◎ 主编

长江出版传媒 | 长江文艺出版社

图书在版编目（ＣＩＰ）数据

潜江诗选：1979～2015 / 黄明山，让青主编. --
武汉：长江文艺出版社，2016.5
ISBN 978-7-5354-8710-0

Ⅰ. ①潜… Ⅱ. ①黄… ②让… Ⅲ. ①诗集－中国－
当代 Ⅳ. ①I227

中国版本图书馆 CIP 数据核字(2016)第 073903 号

责任编辑：沉 河		责任校对：陈 琪	
封面设计：江逸思		责任印制：左 怡　包秀洋	

出版：长江出版传媒　长江文艺出版社

地址：武汉市雄楚大街 268 号　　　邮编：430070
发行：长江文艺出版社
电话：027—87679360
http://www.cjlap.com
印刷：武汉市首壹印务有限公司

开本：640 毫米×970 毫米　　　1/16　　印张：17　　插页：4 页
版次：2016 年 5 月第 1 版　　　2016 年 5 月第 1 次印刷
行数：5085 行

定价：49.00 元

目　录

黄明山的诗（5首）

黄明山，男，1960年6月生于湖北潜江国营总口农场瓦庙大队。现居潜江。

插入锁孔的声音

插入锁孔的声音
从隔壁
很遥远地传来
你独自一人
静得连自己都未曾觉察
是什么缘故
你的听觉变得灵敏异常
就这样你毫无准备
坠落在
无法辩解的窃听里

于是你开始猜测
猜测门
猜测钥匙
猜测脚步的年龄

猜测手感的性别
那总也躲藏不了的声响
带着诱惑
传给你齿形的不安

应该知道这是一种愉悦
很难得有自己的姿态
你又从那声音里
想象着声音之外的情节

你进一步回想自己
再耐心地去追忆别人
别人不在你面前
而那声音
已潜入你思维的隧洞
这时你默默颔首
插入锁孔的声音
短暂而永恒

（原载《诗神》1989 年第 10 期）

钢　琴

巨大的静
从深处抓住我的谛视
思想伫立着

我已做好聆听的准备

白的键盘　黑的键盘
无涯的空旷
光泽是一个变幻的暗示
依凭繁复的记忆
我再次将你默认

手指构成两座山峰
无数座山峰
敲击原野　河流　子夜
以及九万里天空

一切都在抖动
一切都变得富有节奏
巨大的手
用一种理智与娴熟
启动我蛰伏的力量

我用一生的怀恋把你仰望
还有梦想
钢琴　我喊你一声
直到抓住时间的光芒

（原载《当代》1998年第1期）

小孩与桌子

小孩的头
撞在了桌子上
桌子未笑
小孩哭了

妈妈拿过木尺
连连敲打桌子
桌子未哭
小孩笑了

（原载《诗刊》2000 年第 11 期）

蛙声里的蓝天

蛙声是一块平面
无色透明　或者叫做蓝
置于大地最动情的部位
一任苏醒的流动
打湿记忆
打湿草儿青青的岸

沿一条小河寻觅
最好撑一尾船

蝌蚪长大了

（蝌蚪是上下行走的船）

蝌蚪舞蹈在雷雨之夜

摇身一变

化作田野跳动的琴键

蛙声敲打白云

敲打蓝天

随季节生长的即兴创作

高高低低　深深浅浅

犁耙水响是天造的和弦

蛙声里的蓝天

让岸上的人望眼欲穿

不信你看那裸足的少女

又用歌声

把水中的事物打探

（原载《绿风》2003 年第 1 期）

声　音

半夜　我听到滴雨的声音

它复杂　规律　多声部

像是一次没有听众的彩排

窗户被风打开

我的耳鸣被雨的精灵覆盖

这真是一个好时候啊

我在疲顿与失眠中

睡过去

又醒过来

听雨曾经是我的习惯

在安静的午夜

我辗转反侧

终于有一天

我寻找到我的疼痛或者疤痕

而人生继续行走

就像此刻的雨没有尽头

我听到滴雨的声音

它纯粹　果断　无极限

就像一泓可以疗伤的天籁

（原载 2012 年 2 月 6 日《文艺报》）

让青的诗（5首）

让青，男，1962年8月生于湖北潜江张金镇双人桥村。现居潜江。

海滨剪影

赤着脚，跑向沙滩
向你扑来的
一个浪，又一个浪

大海——
披着神秘的衣装

寻觅着，如痴如狂
疯狂地向你卷来
阵阵风，夹着冰霜

绿色的海滨，矗立着
一座雕像……

　　1982.3
　　（选自作者诗集《黑晶石》）

母 亲

收获的日子还很遥远
凄凉的风，在恸哭

她苍老了，不再年轻
凉风吹在粗糙的脸上
欢快的鸟儿冻死在莽林
温暖的湖水结成冰凌
而手里亲抚的泥土
慢慢凝固，露出干瘪的皱纹
——她沉默了，在这冷峻的风里

她深知那一小撮泥土的沉重
这片从未有人涉足的土地
这里的第一个拓荒者
正如孕育第一个婴儿时的渴望
她，充满了信念和勇气
她一直坚信，坚信
那洁白洁白的世界背面
阳光，土地，和泪水
都依然年轻，温暖
她将拥有一大片的绿色
她将获得满怀的希望

她不再沉默

举起那把沉重的镢头

把沉睡的大地摇醒

她要用母亲的心

和母亲的坚韧

温暖这片神奇的土地

扶起这伤痕累累的秋荷……

　　1985.11

　　（选自作者诗集《黑晶石》）

印象与向日葵
——读莫奈油画《日出·印象》

日出时，印象朦朦胧胧

摇曳的小船里不述说爱情

海水淹没了远方的烟囱及吊车

一扇小窗读不尽莫奈的景致

凡·高的向日葵正疯狂地生长

每一朵花瓣一片熊熊的火焰

所有的爱恋都会开花结果

这里不相信少女与独角兽的故事

所谓谎言其实漂亮又温柔

少女的体香会斩断坚硬的犄角

黑色的背影在霓虹灯下闪现
长长的小巷不再有丁香的芬芳

蒙娜丽莎的微笑的确迷人
黑夜里，谎言成为说谎者亮丽的名片

（选自 2013 年《湖北诗歌现场》）

致茨维塔耶娃

逃避。奔跑。呼喊
并留在沉默里——沉默

那正是灵魂的叫嚷声——
因为你一直站着！

热情和赞美，痛苦和绝望
应和了你跌宕的人生

经历了整整的一百年啊
多少人怀着柔情蜜意

和一颗仰望彗星的心
走进那间乡间的小旅馆

和你一起，读那个

永恒的黄昏，残血一片……

栖于天空。玛丽娜——
"我想和你生活在一起"

2015. 1
（选自诗生活网）

三峡人家

我听到了山的颜色，和水的声音
三峡人家的女子，在山涧
在溪畔，巧手洗蓝了身后的天空

银铃一样的歌喉，把一曲山歌
唱到了山的那边，引无数只雀鸟
在山谷里盘旋，一步一回头

两只水鸭，从远方悠悠地游过来
和三峡人家的女子遥相呼应
三峡人家于是便有了诗意

三峡女子的歌声越香，游人的步伐
也愈慢。他们要把这图画
定格，带回自己的家乡……

2015. 10
（选自中国诗歌流派网）

唐本年的诗（5首）

唐本年，男，1949年3月生于湖南津市。现居潜江。

白色情绪

白色的碗盛装白色的
米饭　我倾身低首
张口的一瞬间
脑子里突然出现一系列
白色的飘然
白色一片堆积和重叠

我的面对
因为这一瞬间的突发
有了种源远流长
形成的底蕴
常在我端碗的不经意中
袅袅一些心事

吃不言的祖训
默默一粒粒的白色

经过体内形成的一滴滴

汗水　仿佛力气

融入白色

正提炼赤橙绿黄青蓝紫

白色　生活状态

舌尖每天都对它速写

桌子或土地

碗中的堆积或流淌

都被梦想以燃烧的火焰

映出一副形象

　　（选自《2013年中国诗歌排行榜》）

碑之魂

无论是强者的名字

或弱者的姓氏

都在以同样的方式

进入石头

从碑的表层

渗入历史与未来

空间的路

既漫长又遥远

而整个一生

仿佛打马而过的瞬间

许多的事情
在碑进入眸子时
才被意识
碑寂寞的影子
被夜风点燃
随风而逝的时光
谁能点亮

抓住今天
进入石头的内部
这是恒古在心灵的
碑之光灿
刀刻石头的歌唱
迹痕累累人生
世界上还有什么
比形象的存在与泯灭
更沉重
更短暂

（原载《新诗》）

人生写意

站着是一棵树

倒下是桥　守着这一方
净土　沟通彼此的梦

多少个黎明
你心怀承诺走过
人影绰绰　渴意荡漾桥身

远方飘来声音
梦绕着彼岸　与我千古的
召唤　遥相呼应

生命在肩头
面对审视的山水
我的倒影是和形象的写生

择水而居
却不随遇而安
流淌的岁月如我梦想的诗行

站在不惑之年的门槛

站在不惑之年的门槛
喊一声童年
空间里回音过后
往事即出　如流水般清晰

这时伸出的手
握住了乡音
时空里一只飞鸟掠过
便有对话的感觉

无人打扰
我会沿着乡土行走
高一脚　低一脚
步步踩在浓浓的风俗

一缕炊烟袅袅
朦胧了我的思路
顺着来路回头　才知道
人过中年的梦啊多是些回想

（原载香港《大公报》）

雨水淅沥的日子

雨水淅沥的日子
旷野之上　一派葱茏
我的希冀正在通过
手掌上的乡土
抵达风中起伏的春浪

雷声像一种特定的

情绪　让我不由得面对
一架竖立的琴弦
这酣畅的抒情
胜过一切虚构的思想

脉搏沿沟沟垄垄
连着生长期间的田头
造访旳乡亲　一任
淅淅沥沥的雨水
鸣奏彼此心灵的隐秘

置身在烟雨迷蒙之地
很深很深的宁静
我的希冀　只来回
度了几下方步
季节　就一步一步地深了

（原载《中国国土资源报》）

柳宗宣的诗 （5首）

柳宗宣，男，1961年6月生于湖北潜江后湖农场流塘村。现居武汉。

太阳又上树梢

太阳刚上树梢。母亲说
那是我出生的时辰

太阳又上树梢。三十年后
的太阳，又上树梢

母亲在泥屋生下我
太阳刚上树梢

父亲在田里犁地
一头花猪在门前拱土

1961年，那年闹灾荒
在母亲怀里，我啼哭

到我能直立行走
一截影子一直跟着

太阳又上树榰
母亲的容颜渺茫

那间泥屋早已坍塌
那块高台夷为平地

树影飘移；人世短促
太阳又要离开树梢

1994
（原载《诗泪》）

即兴曲

出租车上，路边国槐
洒落它细碎的花蕊
淡青色的槐花
轻敷了一地
嗡嗡鸣响的市声中
它们悄无声息地播撒
有时，落在你的颈脖
或小学生的背包上
你正从编辑部出门

踩到它们细小的身子
地面的颜色和灰暗心境
被改变。时序已进入初夏
这残存的美可以留恋
唯一的六月北方的槐花

2003.6
（原载《诗刊》）

藤　椅

回老家碰见那把藤椅
目光都在它上面停一下

——父亲不在了
那把椅子还在那里

用淡绿色塑料秸编织的椅子
父亲哮喘病发作，无法睡眠

缓慢起床，颓坐在上面
一根拐杖搁在右边的扶手

父亲要我把藤椅从城里
送回老家——这是他对抗

疾病的依恃；紧紧背靠它
不正眼看人，对你不抱指望

最后那把椅子也帮不了他
他依靠了那根绝望的麻绳

没留下什么遗迹除了这把椅子
他的遗像也不知放置什么地方

阁楼蒙上尘垢的淡青色藤椅
孤零零与废弃的犁耙在一起

我看见了父亲，蜷缩在上面的
一张面容模糊的肖像

2011
（原载《北京文学》）

路　过

从沪蓉高速公路穿过老家
铺满油菜花的田野，亲人隐在
春天的花木草丛间，你把头
探出大巴车窗，几秒钟
路过了水牛缓行的田埂
几百年的河流与村落

你离开，却不停地返回
回到童年的老房子
是多么困难。酒宴上碰到
同乡老人收缩变小的身子
恍惚路过带有厢房的老屋
黄丝雀啄就精致的巢穴
在屋后桑树，一晃就消隐了
在外绕了一圈，你回来
瞬间路过同学短促的青年
和无路可走的晚境
从职业培训中心经过
在此，度过了十五年的光阴
仅有一次的青春
围墙外消逝的田园
你用了两分钟路过了
门前的标语。铁栅栏上
蹦跳的两只麻雀
女儿的出生
和她奶奶的葬礼
住过多年的房子的外墙晦暗了
早逝的曾经的同事列队走来
你有些紧张地路过他们
蹲在墙角的面影
转弯处，矩形的城南酒店
你像旅客，从窗户探头
观望小城的阴云，发现自己

真正离开了这里
你用整整十五年完成的逃离
此时，几分钟就路过了
一辆快速列车正路过这座县城
路过而不停留，银色子弹头
穿过这里正在变坏的空气
一下路过了正在路过的你

2012
（原载《红岩》）

日　志
　　——赠扎加耶夫斯基

一千公里不算远，对于高铁
和友人去探望来自异国的诗人
他的诗在不同的语言里流转
类似于经过不同路径的迁徙
保持他的声音或指纹，能辨认你

扎加耶夫斯基。对于热爱的诗人
一千公里不算远。从广州站出来
产生厌倦和恐慌：密集的人群
和多年来累积的冷漠
迎面扑来，你想撤退

又无处可回。而他从欧洲
来到亚洲，古稀之年打着领结
前来——品尝本地的早茶
像布罗茨基在一字听不懂的
热心人面前，吟诵他的诗句

"诗召唤我们走向更高的生活，
像出色的宇航员，凝视大地。"
他来到我们中间——这有别于
异议者的异议者，他爱过恨过
饱受流亡苦涩，返回散失家园

你尝试赞美，这残缺的世界
你应当赞美，这残缺的世界
在我们的日常，让激情与反讽
和解交融；美的召唤和允诺
我们朝向它，做无尽的远行

暗色的西服配戴枣色领带
领奖台上波兰母语的韵律
在他身体不远处，感受静默
平实中的机智，善意和幽默
扎加耶夫斯基，你是个男司机

你不说话，你的气场笼罩我
自助餐厅用餐，你点点头

换上了休闲装。你的白发
你的眉须间透亮的栗色眼珠
你的身体周围有一圈圈微光

一千公里不算远，对于你
更远的旅行，对无限的钟情
和你站在一起，电梯前说话
顺便地拥抱了我。我的身心
同你的世界发生联接。是的

诗歌寻求光芒，带领我们
到达更远的地方。我们出入
诗人的家族；我的眉宇间
留存你的目光。我们去看你
一点不觉遥远，对于你的到来

2013
（原载《中西诗歌》）

沉河的诗（5首）

沉河，本名何性松，男，1967 年 12 月 4 日生于湖北潜江熊口镇贡士村（后划为新林村）。现居武汉。

种　草

太阳下降得很低啊，远处的山峰
使黑暗过早到来，光明仅残留在
记忆的闪电之中，除了几种人的
窃窃私语，鸡鸣狗吠声早已沉寂
他说，一个人要不合时宜，这是
最好的时光，虚幻与真理在心中
并存，小人与君子一起高谈阔论
探讨着金钱与性，再出其不意地
说说来生，像一伙穷人面对画饼
饥饿得像霜打的秋天，而眼底的
贪婪像两手的赤贫一样暴露无遗
他说，到了自己思考生活的时辰
我开始学习做一个优秀的生灵吧
一个人要总是不讲原则，连上帝
也不会怜悯，智慧在现时总显得

丑陋，怎能与自然的美貌相比拟
闲暇比劳动更为有用，没有说的
巨大的沉默使大地缓缓翻过身子
他在这沉默中听出了悲剧的足音
沿着院墙边践踏着一些芬芳花朵
随后啊，齐整的心草悠然地滋生
他说这真是优美，又过去了一天

　　1992.7.23

碧　玉

碧玉用心呼吸
入尘不沾染
过水不惊惶

昨日我试图像碧玉一样生活
无思无欲，也忘记
一切出口。身子也无皱褶
闭眼即为气体

　　2006.4.18

自　由

这是关于自由的最新说法
它来源于我的妻子

那个全天下最好的女人
她说：真是自由啊
可以触摸你身体的全部
我们十六年的床上经历
也没有这句话火热
它让我热血沸腾，想到自由
仅仅是最小的自由
在我和我的妻子之间
因为可触可感而分外
幸福而真实

　2006. 5. 29

昨日大雪记

这雪飘下来前已带着
厌世的温度，有一颗松软的良心
和老年的身体
尽管他同样听到了
窗边人群的欢呼
却何处再见
那个扑雪的少年
世事沧桑
生之洁白
已抗不过死之流水

　2007. 1. 7

西　湖

4月19日，与钱省兄闲在西湖。特记之。

西湖里的水
一个月后还是变绿了些　因为
荷叶冒出了头

最高的佛顶和最低的湖心
一直是兄弟

长长的堤无论是白的，还是苏的
蚂蚁也爱它

短短的桥上
哪有女子不低眉
又捧心而过

你们花啊草啊也没有个性
鸭子也是成双成对

闲闲的人梦游过买
醒在自己的床上
想了想，想念西湖

2010.5.16
（以上选自作者诗集《碧玉》）

29

唐跃生的诗 （1 首）

唐跃生，男，1960 年 6 月生于四川潼南，曾就职于江汉油田。现居深圳。

感谢大地 （节选）

石油，居住在大地深处，活着就是历史，你无从赞美，正如大地缄默而不言。

（一）

没有什么物质或精神不能成为石油
万劫不复指向一个顶点
伸出手　抓住的只能是有限

每一次孤独和历险
算不算给了一次闪光的道路
你是否感到
停顿就像固井　一个和一群
在淡淡的云絮下终究要分散
与大地亲近

没有什么比石油能给你伟大的启示
乃至神　在石油之中很久地注视

（二）

整个地球保留了内心的海洋
在夜默如石油的日子里吟唱
沉潜　向着大地
在倒下又站起的跋途
时间把自身慢慢覆盖

一座城市到另一座城市
一片荒漠到另一片荒漠
石油在暗处发光
与寂静团结
这个夜晚
我突然明白
石油为什么能使万物保持原样

（三）

石油与我相遇
不像火柴
随时可能一根接一根的燃烧
而一滴石油涵盖了所有石油
激动的心跳

是我可爱的同类
用石油
推动现代的历史
风一次就要吹过一个世纪
像石油慢慢渗透　由表及里

（四）

从生命中取走的
我在石油中认领
在拥有晨露　风的夜或白昼
那最后的跋涉
在歇息的旷野　一再明亮

没有什么可以伤害石油的血脉
一如根和叶
让潜藏的石头和河流
移进你的骨节
这是一滴石油的一生
在你手纹中绽放芬芳
并带着未知或者过往

（五）

一些人离开
一些人明白自己就是远方
找油人　关闭了众多平坦的道路

而那些列队而出的钻头钻杆
都将集合　　为迎接生命的苏醒
延续合唱
像这飞雪即逝之夜
找到一个喷发的意象
而冬天　　这黑郁的繁花就要开放

啊大地　　凡是梦想过她的心灵
都将在一页白纸中
把黑色的石油灵魂
揉活　　温热　　高高举过头顶

（选自作者诗集）

龚纯的诗（5首）

龚纯，男，1968年2月生于湖北潜江高石碑镇曾岭村。现居上海。

回　乡

列车飞驰，阳光渐渐加强
……我的心在轰鸣。山脉沉静。

山色一览无余：这中央的山峰尤其美丽，大白天
它宁静而多云。

那车窗外平整的土地，被阳光照耀的草木
这时候，已经黄得可以。

它们既不是祖国，又非故园，就好好地放在那儿吧
我最不能放下的，是刻不容缓的郢楚情思。

阳光几万里，经过几个省，现在进入亲爱的湖北
亲爱的潜江。风景和往事一一敞开。

有条河流已经朝我流来，长江汉江和她们永不停息的
　　支流
在我亲爱的家乡，和我一样，在我朝思暮想的土地

深深地行走。

（原载"诗生活"网站"棉花"诗歌论坛）

在兴福寺
　　——与风的复者、小雅闲游并坐至兴福寺黄昏

枫香树稳坐在寺院里
有一句没一句地落着叶子

空心潭早已被开元进士看过
秋风在水上写草书

碑文上，如何辨识来去无踪的米芾
移步至池边，对睡意绵绵的白莲指指点点

浮身而出的小乌龟，也有千岁忧吧
得道的高僧睡在竹林，皆已解脱

我身上还有令人厌恶的欲望
我身上，还有盛年不再的伪装

此生毫无意义，偏爱南方庭院，小径
此生偶有奇遇，穿过不同命名的门楣

岁月望远，虞山十里南北两坡各有数百著名坟茔
落木萧萧，使长此以往的天空缓慢看见乌黑的鸟类

两三点雨，落得有甚纪念之意？
黄昏把我们放在它味道越来越浓毋须照料的笼子里

（原载《诗建设》2013年）

少妇梨安

当我穿开裆裤的时候，她是少妇
梨安。

当我嘴角长毛偷偷喜欢英语老师的时候，她是
少妇梨安。

现在想起来有许多伤感，仿佛春天的枝叶
突然弹开。

……静静地坐着，吮一下螺蛳
吸一下蚌壳，不知道往后还有没有这样的欢聚。

后来到酒吧里去，又沉默好久

最后热舞一场才离开……

我们都可以很安静，又都可以拼命地生出狂热
在两者之间寻找意义，痕迹。

以前以为生活应该在故乡以外的地方
便改变通讯地址，梨安也是。

哪知生活常常是一间又一间空屋
少妇梨安和我，有拔不完的钉子。

我们拔呀拔呀，像拖拉机在空转
无用地燃烧。

——转过 2047 年，我就已经老得掉光了牙齿
而梨安仍然可用一切美好的词汇，描述她没有办法的
　　年轻。

这样说吧：少妇梨安是一个机器人
我是一具她若即若离缓慢衰老的肉身。

　　（原载《2013 È 中国诗歌精选》）

宋朝以来的爱情

过了很多年，我还偶尔想起你：红酥手，黄藤酒

伤心桥下春波绿。其间多少个春秋
一支诗笔因你而微微颤动。

但这世上，已经没有你的踪影。颓墙废池
又经无数次修葺。熟悉你的人
早已和泥土混合在了一起。

熟悉我的人，一半在地下，一半在阳光中
还有零星的几个，在不可知的未来
穿着不同时代的衣巾，拥有跟我一样哀伤的身躯。

在新的世代，我们的国家又产生了大量墙壁，但除沈园
　　以外
再无人找得出一块，题放翁词句。然而有人在桥上
拍着栏杆，又照见了宋朝的黄昏

和你的惊鸿之影……也有人徘徊亭榭之间，把女儿红
纵老泪，一咏三叹，凄凄切切
摔碎了今朝的酒壶。

哎，一个人的生死如何能了断他未曾了断的尘缘？戴乌
　　毡帽、摇橹
今朝我又出现在人世间：婉儿，假如你也在，你可称我
　　为绍兴师爷
徐渭、陈洪绶、赵之谦、任伯年、徐锡麟、陶成章、迅
　　哥儿。

38

假如今朝你仍是多情儿女，来访江南旧迹，走过市井
　　街衢
廊桥池阁，到沈园望上一望：
我们年轻时候丧失的爱情，仿佛可以拾阶重来。

（选自《宋朝以来的爱情》）

癸未年，十一月小

帮父亲扎篱笆的时候，凤香骑着自行车
在背后叫了声叔。园子里飘着几只白蝴蝶
它们下面，是一溜静静的胖白菜

阳光叫身子有些发热。父亲脱去缀着
补丁的棉衣，问我那些分行的字
还写着没有

后来太阳偏西，月亮早早地从东边出来
母亲唤鸡回笼，母亲站在屋台上喊，锅里的饭熟了
紫花的木槿，到了晚间有些细细的黑影

（原载《诗刊》2004 年）

梁文涛的诗（5首）

梁文涛，男，60 年代末出生于湖北天门蒋场镇。现居潜江。

齐桥小学

天门市蒋场镇齐桥小学
十年前拆除了
原来的学校，现在的棉花田

1976 年，肖刘湾的梁文涛
在这里上学读书
当副班长，光荣地加入少先队
参加生产队义务劳动
和王海成打架

现在，校舍不见了
我从城里回来
站在原来学校的操场上
我的同学在我的周围
他们是一朵一朵的棉花

七屋岭

无论我多么地努力，只能看见
你没有棉花高
你从七屋岭来，11岁，姨婆的孙女
我的娃娃亲

闭上眼睛，你穿镜而过
挖猪菜，玩河边的沙子
躺在后园的桃林里，婆婆不叫不出来

那晚我们睡在凉床上
婆婆的鬼故事，把你的手讲到我的手上
你的眼睁得好大。鬼故事的夜
在一道阴影中，你喊着要回家
直到姨婆来接你

你走之后的今天
我回到了老家，后园里
那几棵桃树还在，正开着桃色的花朵

天黑之前

天黑之前，你得把一些事物缓慢打开
譬如，毛巾、卫生纸、灯和床单

这些和夜紧密相连的物品
使性如此恰如其分贴近夜的表面
这是一种暗示，更或者说是一种提醒
天黑之前，你得把所有的状态转化为心情
然后，连同身体一起在时间里放平

天黑之前
不要轻易地晃动。逐渐消失的视觉
还有变黑的夜，譬如稍许的碰触
都会使你模糊起来
你可以独坐，或者将自己隐藏
天黑之前
你的每一个动作和手势
都会扰乱我

静下来。你还得从
你精心准备的姿势中改变
再进入另一个姿势中。这并不是重复

天黑之前，你所要做的就是将一些细节
一点一点地设定、整理
慢慢地闭合，再层层地开启
这种反复，就是一种坚持。

（选自《2007 中国诗歌年选》）

继续咳嗽

有些事情，是可以忘记的
比如错别字，一次肃穆中的咳嗽
这些年来，我尽量想记住些什么，可能忘记些什么
我尝试着把圆画得更圆
而以往的直线也渐渐变成了弧形

好朋友相继离开，上了年纪，或北或南
失去联系
陌生的人又一个个地到来，无缘无故
或东或西。
他们在我的生活中，加盐，添醋
把简单的事情弄得复杂，仿佛一块擦锅的抹布

那么多的人来来往往
正如公路上散步的麻雀，一步三回头
而我在它们的中间
辨别错字，继续咳嗽

（选自《21世纪诗歌精选》第二辑）

肖刘湾记

105年前，这里叫田藏庙

沿河的村子，慢慢地被姓肖姓刘的人住满

杏子姐姐，武汉来的知青
让我坐在庙门前，听她拉二胡，讲故事

田藏庙里，白天是我们的教室
夜里风把庙吹破，树林里的叶子飞到
杏子姐姐的床上

和杏子姐姐在一起，真开心啊
她教我识字，拉动二胡弦子
还抱着我睡在她的床上

（原载《诗刊》2008 年 8 月号上半月刊）

魏理科的诗 （5首）

魏理科，网名大头鸭鸭，男，1969年6月生于湖北潜江张金高口村。现居潜江。

大雪和乌鸦

把道路埋掉
掩盖住事物的真相
一场大雪
却无法把乌鸦变白

风将它越吹越冷
更像一块铁

一只乌鸦
在世界洁白的脸上
留下污点

它仿佛是故意的

远方的母豹

母豹在远方
流出汁液

虽然远方太远
但我肯定：有一只
母豹，蹲在远方
斑纹迷人，和你一样

有苏醒的乳头
和不可预知的
生殖力

春天鸟

春天鸟，河桥上
做俯卧撑的人呐
春天鸟，街道上
打酱油的人
在医院开膛破肚的人
春天鸟，高墙内
躲猫猫的人
那些莫名其妙走失的人
被遣返的人

被就业被和谐
被代表们再一次代表的
人们呐，春天鸟

照　相

母亲 80 岁了
几次催促我带她去照相馆
照相，要 24 寸大的
标准相
似乎她就要告别我们
上西天
见她信奉的佛了
她总在盼着
这一天，满怀欢喜
仿佛一生的日子早已过完
这几年都是
多余出来的光阴
这几年，她一直在为自己的死
做准备

一个后湖农场的姑娘

巴士进入后湖农场时
一个姑娘上了车
坐在我前排左边的座位上

她十八九岁的样子

皮肤偏黑

穿暗红的 T 恤衫

半截裤和塑料凉鞋

圆脸、圆手臂

肩膀也是圆的

乳房坚实

个子不高，不胖

却显得壮硕

过早的劳动

把她催熟

已经适合生育

和哺乳

这个大地的女儿

眼望车的前方，有时

也扭头看下我

可能是感觉到了

我一直在后面看她

（以上选自作者诗集《一个后湖农场的姑娘》）

48

秀夫的诗（5首）

秀夫，本名朱振雷，男，1963年12月生于湖北潜江杨市联坑村。现居潜江。

所有雨意

今夜，让我把一切献给雨声
包括一枝守秘的雨伞
踯躅在忧伤的江南
包括暮色湮没的小径
以及青草，在小径之外疯长
包括润湿的花蕾
包括闻声隐退的月光
包括李后主芭蕉的伤感
以及空气以及树杯
以及秋菊以及栅栏
自《诗经》的河流而下
滴入宋唐击节的歌声
滴入明清小令的怆然
直至今夜
甚至倾听甚至羽毛的飞翔

其实，今夜，我只想让你被雨声
淋也淋不着的名字，就这样一滴一答
把沉默的黑夜，点燃

一不小心就坐在花丛之中

用一种臆断的方式，在春天抽空喘息的瞬间
一个孤单的人，就这样坐下了
窗外，雨声正抖落疲惫
眼前，一道河正熟睡在另一道河中

四周是，花朵花朵花朵花朵
中间是蕊，是手指绕过茶香的滋味
服服帖帖向心的一边倒去
然后长叹一声
前唐，或者所谓后宋

音乐如月光准时升起，花骨被清冽冽的风
拨动，被悬于十八层的檐铃
拨动，什么是物我两忘
长发三千的李白，躺在溪边
温玉满怀的柳下，坐于城廓
一只颤动兰花的眼睛，知道什么在地底下奔涌

而此刻，在我的手中

躺着另一只纤弱的手
像幸挨着福，像花瓣挨着骨朵
像一不挨着小心
轻轻倦握，疼痛的雨滴就开始
缓缓上升

这时候的花朵，你仔细看
株株都是涂了口红的玫瑰

暗恋桃花源

桃园之外，我省略了出墙的几朵
夜间多有是非，我在门口更怯于提及往事
只好沿着元曲的溪流，不停奔走
然后积劳成疾，一步一步接近清贫的三月

想不到的是，这一路奔波
让我省略了更多平平仄仄，还有莺莺的花鞋
在半路，一个书生截去了我的
前世姻缘

没有悲痛，只剩守望
在时间的东山，我日夜咳血
看似辽阔的归途、在雾霭中迟迟不开
可为什么，我依旧偏偏喜欢这样的句子
春风潜伏，一夜花开

那些招摇的花枝，在远方
一不小心就把串串暗香，伸进我的梦里

辗转反侧，翻身起床，学古人在月下焚诗
想你在来年的花蕊，幻化成狐
你说，桃花无罪
所谓孽缘，都是些季节背后的忧伤

别告诉我你不曾为秋风所动

昨夜梦见，草木丛生，在广袤的平原
你的香味风吹不散
夜间伫立城廓，更有月亮当灯，秋风啊秋风
像一首扶摇直上的歌谣
这一吹就是十年

我们耳语，恰恰是四周有许多不宜
你应该明了，是你让我喜欢上黑夜
喜欢上安静，这个最普通的词语
在黑暗的背后，打着一束光亮，经夜不熄
照着你柔软的花房

今年，秋雨的脚步缓慢，它迟迟不来
在婉转的季节背后
你的肌肤，早已胜雪
我约过你，要去临江楼上饮酒，那些伤人的液体

仿佛江山，一幕幕在眼前流过

独立寒秋，我看见一粒粒阳光飞舞
这些秋天散乱的物种，会在明年的某个时日发芽
现在，你静如处子
如同办过大事的社稷美人
可别轻启你的朱唇，然后告诉我
你从来不曾为秋风所动

我躺下来，听见鸟声

淹没，我更深地体会到这个词
在这个晴朗的中午。眼前的一切，似虚幻的镜头

七楼的阳台，对面楼上，一片红顶的屋面
热水器林立，如一面面旗帜
远处，后窗台上
一朵小花站立，在视线的逼迫下，缩成一粒红点

树，以傀儡的姿势排列
轻风吹过平原，一如既往，在空中摇头晃脑
绿色的一面，向四周扩散
更远的街道上，我看不见的车辆
轮子在地面上首尾相连，官员、商人依旧
鱼贯而入，鱼贯而出

我疲倦了，在这个端午节要来的中午
2288 年前的屈原，和他的诗歌
寂寞地困在纸上，我在楼梯间挂上几匹菖蒲、艾叶
然后躺下来
耳畔突然传来，数句清晰的鸟声

（以上选自作者诗集《风声之外》《八面诗风》）

杨义祥的诗（4首）

杨义祥，男，1963年3月生于湖北潜江张金镇。现居
潜江。

今夜，我坐在湖的中央

想起你们，我把自己当成一张渔网，沉下去
就像我翻开影集中那些发黄的相片
许多名词的雪花，纷纷扬扬
从我的头页，降落在眼前的纸页上

芦苇、白鹭、水浮莲、竹罩、水车、渔网……
还有游动在它们身边的
清亮、甘甜以及红色的蜻蜓
绿色的水鸟、轻快的小船
伏在躺杆上车水的乡亲……

在我的世界里，湖水和蓝天没有什么不同
区别仅仅在于，我是抬头看天
还是低头看湖
它们是一种颜色的花朵

年年岁岁，开在村庄的胸口上

那些灿烂的日子，是怎样昏暗的
与一朵云、一片云、一层云的流动似乎没有关系
就像今夜，我坐在湖的中央
打捞曾祖父芦苇秆一般的手掌
白天，我把湖照亮
夜里，湖把我照亮

那段被遗弃的江山
在我单薄的身体里，独自黯然

原野上的海

我必须把一片秧田和另一片秧田
叫做海；把布谷鸟和青蛙的叫声
叫做乡村音乐；把萤火虫点亮的河面
叫做流动的街市；把油菜花包围的村庄
叫做中国画
我胸腔里蓬勃着的
一片葱茏，和青涩的童年与少年
就是整个故乡

故乡的河流里，有轻快的游鱼和蜻蜓
故乡的枝头上，有精致的喜鹊窝
故乡的篱笆边，有紫色的喇叭花与

青青的"五爪龙"
故乡的池塘边，有丑陋的癞蛤蟆和
灵巧的水蛇……

现在，我心灵的海面上，已是
浮污狼藉、百孔千疮——
那里的土壤里
沉积着尿素、磷肥；那里的农田间
蓄满了农药、污水；那里的河渠里
已看不见鱼儿；那里的乡亲
靠打井止渴，淘米，洗菜……

现在，我不愿看见故乡
我甚至担心，我已是海面上那根
最后的枯草，将被随后而来的狂风
卷起，而后深深——掩埋

缓缓溜过的时光

从秧苗出发
我把脚伸入水中
这个青青的季节
我看见了圆脸庞的荷叶
荷叶上蹲着的青蛙
青蛙身边红扑扑的荷花
缕缕清香缠绕着

我简单的童年和童年时的
梦里水乡

年老的祖父披上蓑衣牵出耕牛
横七竖八的蚯蚓
在脚掌间蠕动
父亲挑回了秧担
在台阶上直起腰板
母亲在水埠头洗脚
解下扎秧草把
小弟弟趴在门槛边上
头顶花冠的公鸡
正啄抢他的木碗
布瓦遮盖的老屋
坐北朝南
亲人们不时进进出出
谁也没有记下
缓缓溜过的时光

（以上选自作者诗集《谛听与倾诉》）

天空的雷雨
　　——献给《雷雨》发表 80 周年

借我一场时光，借我一道灵犀
借我一支书写经典的笔

我需要酝酿一种氛围，酝酿一场
撕天裂地的——雷雨。于是，穿越八十载
时空轮转，舞台上——
鲜活的生命、颤抖的生命、
憧憬的生命、撕裂的生命，在头顶
幻灭；在头顶——飞翔
这是繁漪的身影、这是周萍的身影
这是四凤的身影、这是周冲的身影
这是年轻的——万家宝的身影……

无数双，不同颜色的手掌，长成
齐刷刷的，森林。咆哮，怒吼，颤动……
黑沉沉的天幕上，鬼影
幢幢，山雨欲来，乱云飞渡……
窒闷的空气，压得人
透不过气来。这是——
周公馆的雷雨；这是——
让空气也能擦出火花的雷雨；这是
一场无法躲避的雷雨；这是——
海上的雷雨，天空的雷雨
大地的雷雨……

一场雷雨，洗不净漫天的雾霾
一场雷雨，擦不亮整个的天空
一场雷雨，救赎不了天下苍生的灵魂……

所以，先生，请坐下来
坐在汉江的原野上，守到
下一个日出之前。我们慢慢聊：
尽管，岁月已经泛黄；尽管
青丝也已染白，但——
舞台不老，《雷雨》不老，您的笔不老……
看晚风拂过梅苑的枝头
以您的名字命名的剧院，正在——
破土，正在生长——那些
澎湃在您心灵的涛声
正在抵达，您故乡的水岸

雷雨之前，我们呼唤雷雨
雷雨之后，我们守望日出
日出之后的原野
是清清亮亮的江汉平原
原野之上的天空
是碧海青天的祖国

听，那水岸下的窃窃私语
是乡亲们在预售日出的消息

（原载《雷雨文学》2015 春季号）

杨汉年的诗 （5首）

杨汉年，男，1966年生于湖北潜江竹根滩镇董滩村13组。现居潜江。

鸟及其他

白色的鸟儿飞过镜面
穿透躯体的光线使翅膀变轻
在它的羽毛掉光之前
我得赶紧为你写完这封信
告诉你一些鸟的秘密

我们每个人的生活
无疑会为自己的梦想
欠下无法偿还的一笔
因为大海也会退落成湖泊
甚至一条小溪
在某个黄昏，浑浊的泪水
也会在你脸上流出一片洼地
在我的有生之年
一些愿望终究不能实现

尾随着逐渐暗淡的光线
一只黑色的鸟
就要从大海的另一端
飞回来了
潮水在回忆中冷却
一种更深的蓝
将把天空推得又高又远

（原载《青年文学》2008 年 8 月上半月）

旅　途

好多年了
我一直在设想，再见到一双
一针一线纳成的绣花鞋垫

在一列重庆至湛江的绿皮火车上
我斜对面的座位上，一个乡村姑娘
垂在腰间的秀发和手中穿梭的花线
以及一只快要完工的男士鞋垫

在低沉的夜色中映衬出红晕
我无需猜测，她是否外出回家
抑或赶往他乡
她乳白色的波鞋和水磨蓝仔裤
告诉我一些外面世界的变迁

列车在呼号的秋风中奔跑
如同我们在生活中随波逐流
而在眼前
这个打扮入时的乡村姑娘
竟然趁着这份舒缓的安宁与空闲
为心爱的人飞针走线

一觉醒来
她已经被附近小站的灯火吞没
推开车窗
寒冷的星光迎面扑来
我突然觉得
在她专注的针孔里
一定有一根线
与我们漫长的旅途紧密相连

（原载《青年文学》2008 年 8 月上半月）

小镇黄昏

黄昏以后，路灯下的夜色会自动解开身上的绳索
囚禁在乡村公墓的幽灵
等鸟群入睡了，就轮到它们出来放风
现在时候还不到，经过喧闹的彩票大厅
你才能从精神病院的寂静里逃开
在十字路口被一群跳集体舞的人所吸引

生活本来就是一部戏曲

可这座小镇好像是建立在贝多芬的《欢乐颂》上

当我漫步回来，路过药店门口

熟悉的妇女们正敲打着腰鼓

为婚宴、寿诞或葬礼做最后的排练

混迹于引车卖浆者之流

我在这已经生活了一段时间

以为自己不再需要神性的东西来安抚

但我察觉到，只要到了黄昏

跳集体舞的音乐，或者是鼓声响起

天空一定晴朗

爱捉弄人的神，总是把地毯铺在安居乐业者脚下

而将钉子钉在了我苦思冥想的椅子上

（原载《诗林》2010 年第二期）

灰　尘
——悼堂兄

细小的雨水足以将它们从路面惊醒

不再盲目地顺从你的手势

它们也会眼含着泪

替你把脚模留下

忠实地记录你的一生

你的鞋底把课堂蹭破了皮

五颜六色的粉笔被你磨成粉齑
风抱起它们柔软的尸骨
涌向港口，码头
不停地找寻你挥舞教鞭的身影

而你藏在钟楼，再次等待下课的铃声
听到的却是亲人们不断的叹息
你不曾进入过沙溪，但你也曾面无表情
当你在街头的一家小餐馆慌忙坐稳
回头又在水龙头下碰了一鼻子灰

像一个小丑从你身后跳出来
把你吓出一身冷汗——
无数灰尘的集锦，虚构了你，你感到踏实了
泥土的反面是一张黑板
而正在教我们学会与这个尘世相处的已经不是你本人

（原载《诗林》2010 年第二期）

粘蝇板

黄昏即将来临
夜色会从落日的余晖里升起
街道在一把方向固定的椅子脚下开始冷却
离家的卷毛狗在墙角啃着无肉的骨头
小花猫的晚餐露出了婚宴的鱼刺

孕妇腆着肚子漫步

轮椅上的植物人望着逐渐暗下来的天空

等待月亮由红变白

街对面的烧焊工，爬上了翻斗车

用失去棱角的铁锤敲打着滚烫的焊渣

从外省回家的少女，她的墨镜买断了乌云

儿童脚下的滑板有炫目的风火轮

他们的肩上暂时还不会出现一条弧形的扁担

母亲在遮阳棚下继续舀着绿豆水

我则坐在父亲的位置上

忙不迭地帮她压动封口机

空气甜得有些发腻

一群苍蝇飞过来了，搁在小方桌上的粘蝇板

致使它们深陷不拔

（原载《诗林》2010 年第 2 期）

余述平的诗（3首）

余述平，男，19€2 年 7 月出生，曾在江汉油田工作。现居武汉。

白　纸

四十岁了　我发现我最喜欢的
还是白纸　白纸很干净
没有一个字　没有格格　竖线
和横线　二十年前我就在她上面
无拘无束地写诗
写了改　改了写　直到最后
把她彻底弄脏
但最后　我总是可以挑出几句
像诗的话

因为白纸　我学会了写诗
因为白纸　我由一个小小的电工
变成了教师　警察和干部
后来　我就再也用不上白纸了
我坐在越来越大的办公桌前

桌上总摆着一大堆带横线
带框框的稿纸　稿纸上方
都写着单位的名称
我就在那些纸上日复一日地
写着　写着　慢慢地就游刃有余
上面经验得不留一个污点
没有一句错话

要不是四十岁我调到
一个陌生的城市
我就不会发现我的抽屉里
塞满了没有污点　没有错误的纸张
我在一片灰尘之中清理了半天
才把它们清理干净
后来　我在抽屉的底层找到了
一张白纸　白纸上方有一行字
我看着看着　眼睛就湿了
因为那是一首诗的题目
现在二十年过去了
它却一直闲置在那里
而我这个粗心大意的人
竟然还没有写完这首
简单的诗

（原载《长江文艺》2003 年第 3 期）

每天，我都等待一场大雪

每天，我都等待
一场大雪的到来
等待这岁月之盐
撒满大地无数的伤口
它，会让我们重新疼痛
学会在苍茫之上
留下自己的脚印和呐喊

每天，我都等待
一场大雪的到来
等待这柔软之花
纯洁世间所有的尘埃
它，会让我们反复张开
习惯在废墟之上
结下彻底绽放的幻像

每天，我都等待
一场大雪的到来
就像在天边外，等待
一个永世相隔的致人
当雪花飞舞，山川消隐
只有风，把我们的盔甲
吹成温柔的驼铃

而我们手中的枪支
早已变成完美的冰棱

每天，我都等待
一场大雪的到来
就像在牢房内，等待
一句亲爱的呢喃
当雪落大地，河流停止
只有铁轨扬起沉重的鞭子
驱赶众人踏上回家的归途
而我，这个灾难的囚徒
才有机会迎来火车般嘶鸣的
情人

（原载《绿洲》2015 年第 2 期）

天空的大门

一个人来到世上
就是在波浪中行走
就是在失重中看见天空
看见浮华的流云
看见来世的尘埃
容纳着我们卑微的一生
无限疯长的野草
在地平线上聚集　扎根

让自己低过飞翔

低过奔涌

低过所有的空气与泥土

任风的摇曳

吹裂果实的低吟

根的伸展

任鹰的盘旋

稳住大地的视线

星空的刺痛

任夜晚的呢喃

切断白天的门槛

向上的台阶

他，在爱人的拐弯处闪亮

在遥远的山林中贵退　弥漫

让黑夜成为

世界上最深的水

一点一点　淹没我们

来来往往的

脚和印

（原载《绿洲》2015 年第 2 期）

曲良平的诗（2首）

曲良平，男，1956年5月生于河南唐河，曾在潜江工作。现居北京。

人啊人

小时候
我最怕死人
听人说
死人都会变成鬼
鬼会吃人

长大后
懂了人死如灯灭
我却怕活人
死人活人都是人
为何让人怕
人啊人

否　则

果子不能太熟
否则，就会烂
江河不能太清澈
否则，就无生命存在
做人不能太精明
否则，就会很坏、很坏

一生难免办几件糊涂事
否则，就失去了做人的气派
活着莫求都说你可爱
否则，你的灵魂就会很怪、很怪

（以上选自作者博客）

73

关慧敏的诗（5 首）

关慧敏，男，1962 年 1 月生于湖北潜江竹根滩镇。现居潜江。

圆

点点　线线
归于一个圆

那些想走出圆的
结果成了石头

那些想走进圆的
结果成了感受……

（选自作者诗集《轭下》）

心　情

一个声音
从幽远的空谷

传来

夜
不可遏止地
弥漫心底

翻开那一页记忆
掌心里
全是泪水

诠释多了
一句多余的话
也会成为永诀……

活　页

想过没有
历史
只是一张冰冷的活页

过去的过去了
犹如
天边的一朵白云

也许
我们只是这张活页里面的

一小段

有没有
字
都不重要……

（以上选自作者诗集《沦落》）

陌上桑

这个秋天
爱情和收获被高高地挂起

心事
也只有受伤的文字才能体味

泪珠滴在残叶上
湿了采桑的心

阡陌渐渐地远去
模糊了一个人的背影……

我沉默

在周围的世界沉寂以后
在所有的爱恋消失以后

我选择了沉默

我沉默
是因为我对语言的一种憎恨
对草场与猎豹交欢的一种憎恨

既然季节在我的憎恨之中
那么存在的你
也应该在我的憎恨之后

我不会对过去的记忆而记忆
时间在时间之外流逝
而我在自己的内心里流逝……

（以上原载《长江丛刊》2014 年第 8 期）

郭红云的诗（4首）

郭红云，男，1969年3月出生于湖北潜江竹根滩三江村。现居潜江。

关于音乐

老街很老
我们听到的都是翻动历史的一片苍白的水声
誓诺如阳光遗漏的星子
使你终生背负灾难和一种预约的痛苦
你四周是他们手指弥留的印迹
森林颓然倒下了
老吉他父亲般的躺在褐黄的襟摆下面
那缕暗色的弦音
是一群信笺上飞来的鸥鸟

他们有着透明的皮肤
他们和你纸糊的新娘
说一个很久远了的故事
你没有能够希冀些什么
推开门的只是那夜晴朗的月色

微笑挤满了手掌

循一根绯红的发鬈

就可以觅见你已然禁流的河源

蝶音痛切地滴落

使我们想起我们苦难的语言

是自己唯一的嘴唇

他们在许多的锁孔里

让目光成为虚假的钥匙

历越沧桑你的歌子愈加深沉

为了等待

逝灭的一切都很美丽

你倚靠的那页未曾开启的窗扉

是一张昏黄的日辰

　　（原载安徽《诗歌报》1988 年总第 103 期）

故　乡

一些叶子

从秋天里掉下来

埋在很深的雪地里

我们想起那年鲁镇的冬天

落满雪花和祝福

故乡总在我们脚尖的方向
像一阵矮小的风
每走近一步
就越能听见那种风声
从遥远的麦地里出发
给我们带来粮食和心绪
故乡远远近近地
摆设着几件家具
种子　稻米
和菜地
我们都感觉到
这些简单的风景
是我们思念的依靠
我们常常要远道而来
从静静的冬天
到达这里
那时
儿童们坐在学校的纪律中
学会劳动和知识

故乡是一片很小的村庄
故乡是从没有路的地方
走出来的
它和普通的人们一样
居住在深深的庄稼里
从没能做出那双

土地般古朴的大手

（原载《星星》诗刊 1990 年第 5 期）

一　年

如果
将一年掰开
落下四季和月份
更小的日子
深居其中
犹如花蕊
在香气的中央
一个词
在语言的峰顶
提起一部完整的诗篇

如果　将一年掰开
春天走在一切之前
花朵的影子
刻向四壁
暮色中飞鸟将至
落在这达
我们叫它风
和日头
贴在额上

就是汗珠和雨水

如果将一年掰开
精瘦的女人
在一年的事情之中
操心和劳累
粗大的手捡起最小的一件
从头做起

（原载《诗神》1992 年第 3 期）

有时候夜只是一棵树

有时候
夜
只是一棵树
遥迢的枝叶伸到天边
我们在树下歇脚
散步或作诗
在一片荫凉中
复习往事

还有云朵和花
更小的鸟飞过
在一片高大的叶子里休息
筑巢　取暖

渴饮露水

比世界还大的叶子

或者是世界本身

比时间还远的叶子

或者是另一种时间

教我们睡眠的是星星

照我们睡眠的

是月亮

那么多的叶子

能够到达地面的仅有一片

那么多的少女

能够打动心灵的

只有一个

梦境朝南敞开

朝北的窗子看到这棵树

看到自己心目中的黑暗

在依稀的风中

发出微不足道的声音

（原载《绿风》1993 年第 3 期）

柴安平的诗 （4首）

柴安平，男，1972年9月生于湖北潜江高石碑渔淌村。
现居潜江。

具有救赎意义的

春风会同意的，也是愿意的，像她
一贯大踏步地在青草上那么做，
阳光也是愿意的，像她不顾一切地
做一个温暖的孩子。一小片的绿
小草也要同意，呈现出来，
精灵的小燕子也要回来，
做一个完美的小巢。
我们要让春天一切美好的事物
让花朵开起来，让公园的花开起来，
让野花开起来，
让自家阳台，院落的花开起来。
我们要一同，就像我们心里想的那个样子
好起来，好起来有很多，
好得让秋风落泪受不了，让我们坐在
幸福向前的麦草棉花上过冬。

这一切开始，就是我们的心灵
更加通过自己心灵救赎的一刹那……

草原上

只要一棵草知道了，所有的草就知道了，
相邻的一棵，另一棵，
草与草挨着，整齐得很，被一阵风
吹绿，又被一阵风枯黄。这都是在
一棵草上发生，在所有的草上一并发生的。
羊，一只羊和几只羊之间，
它们的羊膻味，
就被青草青，黄草黄的。
羊毛白白地剪光，羊奶汁挤满一桶，
羊皮，羊肉和羊臀在一整只羊身上，丢失的
一只小羊，它的身子被草埋没。

（以上原载《诗潮》2004年7—8月）

小　鲜

去水里找一条小鱼，它的骨头和刺
都很小，论不上斤两。
挎着上菜市卖，
谁把它买回去，花五毛钱。
卖掉鱼我要去找理发师

把我的头发剃掉，
洗头，刮脸，掏耳朵，
理发师帮我掸拂剪落的断发。
容颜易老，倘若你还没有死，
天黑回去，我就炖一碗清汤
让你在里面来回游。

好东西

没有东西吃呀，黑甜的面包
小青草都没有吃。
只有一点的饥饿，她是怎么想的呢？
红着一双眼睛
时不时就要流下无声的眼泪
却仍然看见要有吃的。
我有些发慌，这些包装好的零食，
这些垃圾，一定会吃坏
我的小兔子。
我们去找小辣椒吧，
她那里一定有很多好吃的东西
还有好玩的东西。

（以上原载《诗歌月刊》2007 年第 4 期）

贺华中的诗（5首）

贺华中，男，1964年10月出生于湖北潜江竹根滩镇黑流渡村。现居潜江。

优美地落下来

桃红点点
它飘落的姿势轻盈优美
宛如一次梦中的旅行
让我感到宁静与和谐

自生命的青春枝头
桃花悠悠飘落
这最后也是最生动的语言
使它美完一生

我静静倾听这损失的音符
在远处久久伫立
桃花的芬芳
冲淡我的哀惋与叹息

人生如此脆弱易逝

我们多么需要把握好

自己的每一个姿势

（原载河南《大河》诗刊 1989 年 9 月）

高高在上的人

一

这些年

我过得一直很好

我是一个高高在上的人

这你也许不会相信

我住在一栋房子的顶层

高高在上的感觉

使我有些随心所欲

我不需要的东西

我就往窗外

随手一扔

二

我的房子前面

是一块空地

但这并不等于说

那里什么也没有

一些破碎的酒瓶

几只腐烂的水果

破盆子破碗

烟头　纸屑

这些都是我的杰作

我住在一栋房子的顶层

我就是喜欢

这样痛痛快快地活着

我知道你们对我有些看不惯

但这是我自己的地盘

你们又能把我怎样

三

现在　我的房子前面

正在建一栋新房子

规划中的高大建筑

一天天增高

我的心情就一天比一天烦躁

不知它哪天会高过我的头顶

我高高在上的生活

从此蒙上它高高在上的阴影

2007. 7. 6

即　景

如你所愿

小橘树开了花

橘树的枝桠有了成熟之美

叶片丰厚

露水纯净

柔软的鸟巢温暖潮湿

有许多这样的时刻

凭窗而立

你浅笑的目光

偶然和我相遇

橘瓣默默相望低头不语

花粉的香味若有若无

月光从云层里

沿着时光缓慢飘移

天高地远

看不见的风

从你的身上

吹拂到我的身上

　2005. 6. 26

老　家

河水不大

船泊浅水

河滩上种满麦子和油菜

我在河堤上眺望远方

这么大的一片土地上

只有我一人

光秃秃的防护林

使天空更加空旷

我从河堤上走下河滩

八月的河水曾经漫过我的脚踝

那时我的父老乡亲

都拥挤在河堤上

看着河水一天天涨高

卷走了他们的玉米和棉花

2004. 1. 26

（以上选自作者博客）

把一片竹林安排在你家的后院

我想告诉你

你听不见

我就把这个秘密

埋在肚子里

让它长成一片竹林

让你身边的小鸟

都围绕在我的内心盘旋

当冬天来临

雪从我们的头顶

落下来

我就把这片竹林

安排到你家的后院

让所有的鸟

一起飞落到你家屋檐下

躲避外面越下越大的雪

（原载《新汉诗》2007 年总 7 期）

齐善文的诗（3首）

齐善文，笔名阿文，男，1967年12月生于湖北江陵县三湖农场齐家埠。现居潜江。

父亲的爱

——给生活在水上的船员

孩子，父亲又要走了
沿着那条思念铺成的长江水
到遥远遥远的地方
你白嫩的小手
搂着你心爱的小白帆船
搂着你甜甜的梦
喃喃梦呓："爸爸，别走……"
于是，粗犷而憨情的吻
印满了无言的别离

呵！应该给你温昊般的爱
却给了书、笔和稿纸
给了远方的港口和船上晕头转向的时光
只有在夜晚，那一缕

淡淡的、温馨的江风
那是你带奶味的呼唤么
轻叩父亲的窗口
父亲便会想起，你
红润润的脸蛋
甜蜜蜜的小嘴儿
月牙儿般的笑
酸酸的泪，便打湿父亲笔下的素纸
打湿父亲绵绵的热望
一颗结结实实的父心哟
像被针穿了个洞
滴落着无穷思念的心泉

哦，孩子
父亲选择远方的港口
选择太多的别离
在感情复杂的成分中
筛选出人生沉甸甸的责任
因为，父亲还年轻啊
岁月，父亲同事业的色彩
丰富着残缺的月亮

（原载 1989 年 5 月 30 日《中国河运报》）

怀念曹禺

雷雨汇成海洋的时候

94

我们感受了波涛的气势
以及波涛之上舵手的辉煌

面对雷雨和闪电如同面对太阳
闪烁的光芒
温暖我们的肉体和灵魂
在精神的家园
雷雨是水和粮食
神圣崇高且支撑着
一代人的信念

日出东方的年代
人们意气风发
无论走到哪里
昂首的胸前都鲜亮亮地
袒露着豪情和赤诚

很多年过去了
雷雨已从历史的额头隐去
但人们很清楚
那冉冉升起的红日
其实就是一枚含金量
很高的奖章
看到它　就会想起一个人
就会有一股暖流在原野
汹涌澎湃的感情

我是潜江人

称你为"东方的莎士比亚"
一个近乎神圣的称号
也无动于衷
你不饮点滴阿谀
理智勒紧着
腾跃的情绪
不去驱云驾雾
而是吸天地之精华
响一声霹雳
让雷雨揭示腐朽和罪恶

在你的世界里
有怒放的闪电雷雨
有光芒四射的日出
有气势磅礴的原野
问一句　为什么
成熟的果或许知道
它储满了戏剧的哲理

流泪的是故乡的炊烟
遥远地平线上蠕动的是乡情
于是　你毅然点亮心灵的灯
回到故乡　无声的行旅

只贴着秋风的耳　悄然叮咛

月是故乡明

我是潜江人

（以上原载《湖北诗词》2014 年第 4 期）

程远朝的诗（4首）

程远朝，男，1961年2月生于湖北仙桃，就职于江汉油田。现居潜江。

盼

你去得太久
风于南国瑟瑟抖动
何况北方呢
我的小路一千次一万次
射穿瞳孔
耳际隐约碾过车之双轮

是那个夏季的热烈
扬起你柳枝依依的手臂
将我雕塑成一株孤独的树
于是　一半属于你一半属于我
残月悬浮在空中

不灭的烟蒂如萤火
夜如漏斗

走漏思情无限

森寂的水杉如蟒

于眼前肃立

溪水已经干涸唯有溪畔招摇

企盼林骨的惊慌

纵使一条黑影一缕呼吸

南方比北方温情

是舞动羽翅的黎明

我已在筑巢

（原载《崆峒》1988 年 1—2 期）

水乡油妹子

荡惯了小舟摘过茭蓬的水乡妹子

竟然也穿过采油树穿过钻塔林

去开动抽油机去采一朵朵油花

水乡的妹子水乡的天使

竟然也成石油方阵一员

一身油乎乎的工衣

怎么也染不黑你洁白的肤色

而浓浓郁郁的石油情

却染浓了江南的风染浓了江南水

你把歌声写进记录本里

你把江南风江南雨一样细腻的爱
一片一片种植在集油站的小花园里
任凭岁月把你雕塑成采油树的坚定
把你雕塑成满盛爱情的样桶
你尽情地读油哥哥钻塔般的身影·
把爱的思恋拉成曲曲折折的小径

你想撑动停泊心底的小船
和小船上的红帆
你想撒出江南雨样密的网
打捞舒伯特已经冻结的小夜曲
你说油海深处藏着一枚热烈的太阳

（原载《山野文学》1988 年第 2 期）

土　墙

步履蹒跚的故乡哪里去了
绿苔的小河
鸣栖着捕不完的知了的苦楝树
月圆时粗重的喘息
还有　那翻不过的土墙

我是从那双古藤般的手中挣脱的
天真的风筝飞远了
青春的河水　瞬间

也从额头的河床浣去

当我爬上那堵墙

再也没有回眸

当岁月特写赤裸的双足

在清新的泥土上向前延伸

一条蜿蜒的坐标便开始大胆构思

于是传统的数码渐渐走远

壹、贰、叁、肆……

土墙在我泪水的浸透中

终于坍塌

只是听说没有翻过土墙的人

被固定在同一尺度

再也没有长大

（原载《长江文艺》1987 年第 3 期）

雨 季

你注定要来 一如这雨季

面对千情万感结出帘片

我已束手无策

被砖石般堆砌的絮语沦陷

操守一片干枯的土地

雨声如气息蔓过墙壁

令我咀嚼一个世纪

终于没有学会雨的淋漓雨的精神
正如我不属于雨季

不曾奢望疯长我的阳光
一任雨季沥沥淅淅倾听千言万语
遥想撑开雨伞　独自穿过雨季

（原载《星星诗历》1990 年 11 月）

路漫的诗（5首）

路漫，男，1965年9月9日生于湖北潜江总口农场。现漫游各地。

头枕群山　安静地想你
—— 写给湘沅姐姐

在仁寿溪的第一天
一年走到了尽头，我还在去尽头的路上
稻田隐隐发出冰冷的啜泣
人们夺走了太阳的儿女
留下一把把衰老的骨头
姐姐，太阳的眼睛满是忧伤

在南方小镇的街口
狗昨天狂吠的牙齿上生长出少有的温柔
它看我时眼睛里全是悲悯
我瞬间爱上小镇，爱上四周高高的山冈
姐姐，山向我点头，仁寿溪舞起水袖

晚上，我就和仁寿溪同眠

让它在我的臂弯里酣睡

仁寿溪，我善良的女儿

在异乡，睡得如此安详

姐姐。那些山安稳地躺着

今夜，我头枕群山，安静地想你

（选自作者博客）

荒凉的舞者

我孤独得只剩下一颗心脏

荒凉的舞者

一把玉刀，我剔去腐肉

砍碎白骨

剜出喷血的心脏

在你们头顶的荒原流浪

我将送你一本书

我用人类的灰烬书写而成

送给你，我的爱人

唯一能给你的就是这些，穷尽我一生的所有

等我背转身，没有人再看到我的肉体凡胎

在时光停留的瞬间，打开它

扉页是天空，封底是大地

中间是不再言语的荒凉

火成岩

我黑暗的心脏里
石头流动着，满腔的火流动着
我只能在黑暗的地带想你
我的爱，原始石头的心事

你想做只蝴蝶
我给你春天，给你百花
你想做只鸟
我给你碧树和森林

如果你要做个幸福的女人
就和一个勤劳的汉子
住在河边的村庄
我万年前在不远处的山里
种下了金、银、铜、铁、美玉

如果你要做个诗人
就在我的身体上游历
我身体上的千山万水都送给你
或者骑上想象的马　想落天外

不要靠近我的心脏
爱情只能在我的身体外飞翔

如果真的要以毁灭的方式爱我
就随岩浆侵入我的心脏

一种我从没感染的病毒
—— 写给女儿漂

今夜的月光是最美的月光，我一直把它看成刀子
握紧月亮湖的月光，我贫穷得仅仅剩下思念
孩子，月光里我潜回洞庭湖的北岸
沧桑的手牵着你月亮的手
孩子，我也有了月亮的味道

孩子，我们一起藏进月光
你看见了吗？月亮的羽毛多美，布满天地间的街巷
月光普照，温暖每个角落
今夜，月光多么温暖，一种我从未感染过的病毒
我们一起做次罪人，孩子
我们把温暖的毒传染给天地间窄长的街巷
温暖所有寒冷的山河，荒凉的土地，只在今夜

孩子，月亮湖很冷，月光依旧切割着生命
在海拔 150 米下的吐鲁番，月亮湖畔
冬天已经来临
漂，我喊着你的名字，手里满把洞庭湖的月光
今夜，我站在人类的痛苦之外

（以上选自作者诗集《路漫的诗》）

106

故乡之子

牛拉着石磙在谷场上碾动
水稻、椿花、莲子、婚礼
十月的故乡　我带着空空的身体
回到村庄回到破败的祖国

太阳又喝醉了，驾着陈旧的奔驰在东西路狂飙
黄昏将其捉拿归案，送进漆黑的禁闭室里
水马齿苋发布通告
流放的王马上要回到故乡的天空下
散漫的星星要列队欢迎，统一笑脸

我的秘密只有狗尾巴弟弟知道
回家前，我从身体里掏出乱石
掏出寒冷的月亮，连同高洁的天堂
我都悉数扔在回乡的路旁

麻雀一起叽叽喳喳，你看这男人多狭隘
心胸只装得下东荆河、长湖、张家湖、园林水乡
我把蚂蚁认作兄弟，一起热爱泥土下的每一处洞穴
直到故乡认出我是她走散多年的儿子

（选自作者博客）

吴开展的诗 （4首）

吴开展，男，1976 年 10 月生于湖北潜江运粮湖农场农业技术推广中心邵沟队。现居荆州。

嗨，亲爱的小孩

感谢你赐我父亲这个称谓
眉眼与我相仿。让一个粗糙
无知无畏的男人，内心陡然像棉絮一般
柔软，天空一般博大，容得下天下
两岁随我异乡漂泊
成长。寄居城市边缘不规则的家
因你，有了家的温馨。你像鸭子般学步
口齿不清地背唐诗，喜欢躲猫猫
突然出现在我背后
三岁你满腹心机
像个骄傲的小公主
要我买个新闹钟，"它会走得快些
就可以早点去上学了"
五岁你是张狂的喇叭花
阳光中奔跑，拔节疯长

放学途中带回一只流浪的小狗

央求我收留，落泪

七岁，你换牙漏风的小嘴

分外乖张。与你妈妈一样爱美

浑身带刺，学妈妈的口吻

在电话里和我说大道理

成长多么容易啊，八岁生日说来就来了

我又要远行

我没想到你会那么的懂事

抢着帮我拿行李，小小的身体

沉向一边。月台上

一声不吭，死死地咬紧妈妈的衣摆

两弯月芽儿，强忍着，颤颤地

我的心也湿了

（原载于《人民文学》2014 年 6 期）

七宗罪

原谅我天性的小儿女情怀

既无远虑，也无近忧，中年已至

还不曾做过一件苍茫

和辽阔的事，原谅我前途茫茫

患上的综合漂泊症

那些偶然莫名暗生的小气

和多疑，多么触目惊心

原谅我小小的虚荣和偏执

忽视了你质朴和勤劳的大美

生活是经验之母，家有贤妻无价宝

原谅我那些曾咬牙龈许下的誓言

一点点欠下的，至今还给你的仍是

一把钝刀和碎银

原谅我还写着一种叫诗的

东西，它们大多对不起汉语

更不该在赞美你的诗中

还赞美着其他的好姑娘

原谅我将你温良的嗔怪

视为念咒。还故意用水龙头

淹死你种的玫瑰．这么多的坏毛病

不用看，我也知道你心疼的样子

原谅我终日碌碌无为

认劳苦为宿命

亲，今晚的月光一定很好

我想和你在阳台上站站……

（原载于《时代文学》2013 年第 12 期）

相忘于江湖

一生的路，与多少人擦肩而过

就会有多少狭路相逢

有多少迎来送往

就会有多少水落石出

流年里，我必须试着学会宽容
必须与镜子清洁的光相对
解开生活的纽扣，劝退爬上心头的蚁群
比如那些节节败退的旧时光
比如遍地尘埃中，嘈杂的脚步
比如大雁南飞，留下一生揪心的哀鸣
比如宴席后曲终人散的一片狼藉

兄弟，相忘是为了从另一个角度进入
你听，我们体内绵密的涟漪
又起涛声

（原载于《北京文学》2012 年 2 期）

我是谁

想要做个好人
但总是说错话，做错事
想把每一个朋友都当作亲人
最后，我总是辜负他们

说好做个你想要的那种男人
生活却已把我塑造成了另一个人

想要做个辽阔的人
但却一再左顾右盼
总是对这个世界，一边失望
一边还抱以过多的奢求

想做个永远多情的人
可时光汹涌，时常拍击着我
中年的堤坝，无知无畏的话
如今我再也不敢脱口而出了

想做个韧性强大的人
可面对这世间所有要来的
和正在失去的，我都无能为力

更多的时候
明明是别人在哭
为何我的眼里却涌出泪水呢？

（原载于《2014年度华文青年获奖作品选》）

傅汉林的诗（5首）

傅汉林，男，1973年10月生于湖北仙桃，就职于江汉油田。现居潜江。

梦 中

一只外表可爱的麋鹿
将我的脚印带到了秋日的林中
落日的余辉
最后点燃大地热烈的眼神

陌生的花园
总爱在我们受伤的时刻出现
我追逐的那只鹿
就躺在园中的一片荒凉之上
她盯着我　脸上露出和人类
一样的戒备

她停住我的脚步
屏住我的呼吸
这时候　树叶纷纷落下

埋葬了我回家的小径

（原载《十月》2007 年第 1 期）

平　原

故乡的江汉平原
光着赤脚绕着雾的丝带
踏着金黄地毯从远方
旷野漫步过来
如一位得胜拳手
徜徉天地之间
果壳气味　成熟的黑米香酒
盛满你正午的身体

水　杉

水杉树叶如微醺的饮者
因为一只鸟的歌唱
而把一片片绿叶滴下
发出熟透的声音

汉　江

干燥的风呼呼吹过
把我赶上正涨秋汛的汉江堤岸

成熟的树一棵一棵地站立

江水洗着岸堤

和流浪人的背影

一丛苍老的芦苇花抚摸浑浊的水波

也抚摸两三声鸟的啁啾低吟

飘蓬的云吐着思恋的声音

和波浪倾心交谈

把我引进波浪的纹纹深处

（以上原载《诗刊》2003 年）

第一次见北岛

秋日的艳阳

照耀

一个人的旅行团

穿过诗集

浅绿的封页

第一次

默默握住

远方名诗人的手

就像握住

一座永不沉没的

岛屿

见到北岛

真好

（原载《青海湖》2010 年第 9 月号）

雪鹰的诗（5首）

雪鹰，本名汪孝雄，男，1964年1月出生于湖北潜江熊口镇白果树村。现居潜江。

冬　夜

一片纸在街上走动
洁白的容颜在暗地发光

在一个人的梦中
堆满文字的纸轻轻燃烧

墙角冷意融化。偶尔的滴水声
打湿宿鸟的翅膀。它们飞起
又回到安宁的枝头

叶落尽之后，树的姿势十分
简单：直指天空，把冬过完

（原载《星星》2006年第3期）

116

老支书

他老了，整天坐在门口
不吸烟，也不做别的什么
偶尔走动一下，脚步缓慢轻微
仿佛生怕摔倒，仿佛没了重量
他声音虚弱，完全没了
年轻的霸气。那时，我和伙伴
一有机会就钻进农田
割猪菜，或挖红薯充饥
他远远地大吼，声音如雷
我们屁滚尿流，纷纷跑出村子
现在我每次回家
他都坐在门前的苦楝树下
好像在回忆自己的一生
我和他打招呼，他迟钝抬头
俨然从梦中惊醒
一回相见一回老
他的头更白了，气力也更微
闲谈间他说把事情都看穿了

（原载 2006 年 6 月 31 日《荆门晚报》）

发烧者

头晕，发冷，口中无味，喉内有

异物感。这是从来没有过的事
我按按额头，手感并无异常
走进寝室，我要躺一会
做一阵深呼吸。我知道
我身体肯定出了问题
往往，我会把事情向最坏处想
这种方式你也许不能接受
它会给人巨大的压力
据说，好多心脏病患者都根源于
此。但我已经习惯
并由此激发击倒困难的勇气
我是个好实施挫折教育的人
我看到的尽是社会的阴暗面
是人类的绝望和与生俱来的悲哀
你有充足的理由说我是个
悲观主义或忧郁症患者
如果同我相处一天，你就会发现
自己大错特错。我乐观，开朗
心态平和得能忽视周围的一切
并时时防范消弭可能的灾难
拒绝厄运临门，把事情的真相
告诉给每一个愿意知道的人
就像打开寝室门时我告诉自己
我肯定发烧了，体表的正常
恰恰说明了问题的严重

很可能在体内引发一次强烈的地震

（原载 2012 年《更诗刊》网刊第 4 期）

墓　地

后来这地方盖起了房子

一片墓地
革命者，叛徒和乞丐
他们相安无事

宁静的正午
墓地前红苕地里
狗尾草的优越感
被风压制

一个地主或黑五类
低下头去

三面临水
几只鸭子在坟墓间
追赶土蛤蟆和蚱蜢

一个少年在偷窥
柏树的阴影里

他居然扑到了鸭子
叫声让夏日的午后异常
烦闷

他时常回到那儿
踏着记忆之路

房子建好后又被拆掉
有几户迁走。孩子们兴高采烈
没有一个认识

（原载《21世纪中国最佳诗歌2000-2011》）

消　失

它们就要消失了，就要消失
这满树的桃花李花梨花杏花
这遍野呼啸的金黄的油菜花
还有那一阵阵的鸟啼
清脆或者嘶哑的，那从麦地深处
传来的斑鸠的鸣叫，野鸡的鸣叫
野鸭的鸣叫，和那跳跃树梢上
快速射下，又一头扎进摇曳的花丛
从它们毛绒绒胸腔发出的好听的
声音以及那从云朵的边缘传来的
翅膀与阳光撞击的火花

120

就要消失了，它们
那牧童被阳光镀亮的笛声
那火车驶过平原，车轮与铁轨的
剧烈的摩擦，大地的震颤
一转眼，它们都成为了往事
那弯腰劳作，偶尔也向远天
用目光追赶火车的农人
那嘴边整天挂着微笑的少女
那婴儿的啼哭
少妇脸上羞涩的红晕
消失了，像风在草尖上晃动了一下
就成了永久的记忆
成为生命口的一个个瞬间

（原载 2013 年《诗生活》作者博客）

杨华之的诗（5首）

杨华之，男，1971 年 2 月出生于湖北潜江熊口镇瞄场村。现居东莞。

雨夜的浪子

困顿之时，我偶遇这个
短暂的存在：暗夜。细雨。一只鸟
飞过一朵昙花盛开的梦境

我打开一个盲者敏锐的听觉
努力搜寻它的方向：邈远、易逝
像萤火划过闪电之美

我曾悲鸣于我是雨夜唯一的脉搏
而真正的心跳，是来自
夜空下这只孤鸟的歌吟

这雨夜的浪子，它的翅膀
如何拨开这细密的雨水。它的目光
如何穿透这无边的黑暗

当迷途不再源于内心的迂回
我继续前行，手捧这从天而降的
神谕："天空没有翅膀的痕迹，而我已飞过"

（原载《诗刊》2014 年 7 月号）

新生的温床

我不想清扫。不想
把这时光留下的馈赠：红的、黄的，甚至
绿的，当成垃圾。我不想拒绝
落叶带来的表象：残败、腐朽
甚至，突然降临的痛

否则，真相抹去，便会让我
身处真正的虚幻之境。把扫帚和铁锹
放在一边，我只想看清
这亘古的定律：生命轮回，时光永恒
清扫是秋风和冬雪的事

还有什么比这大地上铺就的
新生的温床，更馥郁、更壮观、更圆满的呢
我可以站着，坐着，躺着
失去味觉、听觉、视觉
享受这片刻死亡：沉默、窒息

（原载《诗刊》2014 年 7 月号）

微 光

"总有微光照亮"。这尘世
有着太多的黑。作为在场者，夜风
替它说出忧伤的证词

太多的隐秘不为人知。唯有
它看见了：追捕、掠夺、厮杀
唯有它，夜不能寐

那些受难者。那些，流浪的羊
正迷失于陌生的山川、河流。甚至
一片带刺的野藜藜

它愧疚于自己，不是太阳
不是月亮。它抱团：唤来北斗、牵牛
天马等星座，向危机四伏的大地
点起篝火

当那些扑向黎明怀抱的浪子，回望来路
静观草叶上悬挂的
星星的泪滴，并久久感恩于
这世间难得的悲悯之光，直至消隐

（原载《诗选刊》2014 年 5 月号）

初冬的扁豆

我们走着同一条道路：开花
结荚。只因迟一步，寒风便将我拦截在
成熟之外。走在我前面的
是大肚凸现的孕妇，怀抱幸福和圆满
被秋阳接走

比我更迟的，是邻家小妹懵懂的童年
她把沉睡晾在藤上。小喇叭嘴唇
再也吹不出知了鸣唱的和声
风干的小手已无法
提起萤火虫梦幻的小灯笼

我并不认为，我比前面的不幸
比后面的幸运。这是谁也无法抗争的宿命
我们都是这初冬的收获者
以夭折的方式，用喑哑的号角
呈现生命的忧伤、残败、美

（原载《北京文学》2015 年第 6 期）

虚幻的八月

我正经历的八月是胡天的八月

草木葳蕤，花果满枝
飞雪从千疮百孔的大地
扑向天空

季节的错乱缘自于
豆蔻梢头二月的毒手。五月的花粉
让一只蜜蜂命丧黄泉
孕育严寒需要多久？一月、一年
还是一个西瓜爆裂的一瞬？

虚假的表象繁衍着谎言
帮凶就是：沉默，顺从
以至于受伤的大地
哺育万物又将万物抛弃

我就是爬行在八月藤蔓上的一只小昆虫
怀抱幻想和痴心，歌颂
赞美，突然间发现生死无门

（原载《中国诗歌》2014 年第 4 期）

杨岱林的诗（5首）

杨代林，男，1963年11月出生于湖北潜江园林镇城南村。现居潜江。

别了，玫瑰

我曾经顾影自怜
曾经悲伤难过和疲顿
痛苦这血液流淌得碌碌无为

我曾经迷恋虹霓
曾经踅足于诱惑的夜色里
追逐那所谓的时髦爱情

别了玫瑰
当我醒来的时候
我不再为自己而伤心
也不再追赶那虚幻的云影

别了玫瑰
让我用质朴的远足

挥去那达达主义的箫声
只为在纯粹的土地上
本真地站立

（原载《楚南诗潮》）

序曲之一

激荡的音符悄悄流进
早晨六点钟光景
被惊醒而有节奏的活跃的步履
一支笔
游弋　在渐趋暗淡的灯光下
影子被拉长
能有谁
在远近树林里挂起铃铛
一时间嘹亮地敲响
疲惫与昏沉像雾
失去了先前的活力
不能再作嚣张
光明的天使飞来了
站在那醒者的身旁

（原载《岁月芬芳》）

重返寂寞

对谁述说别后的迷乱

把小心收起

把忧怨搁置并封存

阳光，鸽子，白云：让生活依然

寂寞独行的步履

远离尘嚣、嘲弄和杂乱

寂寞本是诗意的土壤

让你的影子在绿色中隐藏

在岁月的深处

你踽踽而行：森林、河流以及期待

让我们一同重返家园

快乐与痛苦本没有边界

任风景在你眼眸漫延

把寂寞种植在我心田

（原载《牡丹》2010 年第 2 期）

一枚发簪

在苏州七里山塘

一枚发簪

躺在阳光下

七月，阳光穿过千年老街

照耀发簪

幽香袅袅

这是一枚黑亮的发簪
光洁，精致。瞧
她多像一段花枝
店主拍着胸脯说
她是檀木的

我并非冲着檀木而来
我是冲着她花枝一样的
身段而来
在苏州，我听到了黄莺一样的评弹
仿佛一只鸟儿停在花枝上
仿佛，手中的发簪
也发出评弹的黄莺语

我闲情逸致地走过
在老苏州古色古香的阳光下
她突然闪现
一枚精致的发簪
多年以前，我走过青春的小径
也像今天这样
她突然闪现

瞧，她多像这枚发簪
她们如此般配

散发着袅袅幽香
蓦然惊醒——
多年前当我发现她的时候
我从此发现了我的生活

发簪，请紧随我
让我把你带进我的生活
戴在我女人的头上
我们还要一同生活许多年

（原载《中国铁路文艺》2012 年第 1 期）

田野上，美丽的采油姑娘

田野静谧
庄稼在秋天里成熟
像一个女人在秋天里
成熟的样子

乡道延伸到很远
棉田，大棉田伸展
白色的棉花与金黄的晚霞
辉映着一个姑娘的脸
她，一身蓝色采油服
戴着眼镜，微笑得
像个天使

田野静谧
庄稼在喁喁低语
棉树轻抚着姑娘
挽起的裤角
采油机向照顾自己的主人
频频颔首
为了朴素的生活与劳动
田野充满了各种感激

美丽的采油女工
姓甚名谁？
让她就作一个符号吧
一个美丽音符
与采油机一起共舞

田野静谧
秋色深浓
棉树啊，绽开了多少桃子
夕阳深情涂抹着大地
在江汉平原
我看到采油姑娘释放的青春
和秋天一起成熟

（原载《雷雨文学》2015 年第 1 期）

吴位琼的诗 （4首）

吴位琼，女，1963 年 3 月出生于湖北潜江园林镇。现居武汉。

人间四月天，想起了陆小曼

低眉信手　剪不断　理还乱
想起了陆小曼
在人间　四月天

蝴蝶庄周梦　弄柳池塘前
尘世间多少美丽红颜
花开花谢　纷乱送离
是否都是缘

该怎么去裁剪
该怎么说永远
该怎么来面对
病中的玫瑰　含泪的笑脸

问天有多高

他的情　在哪一片云里
问地有多阔
你的爱　在哪一座桥边

（原载《长江文艺》2006 年第 9 期）

你以为我是谁

你以为你是谁　你以为我是谁　你以为
我们大家都是谁
圣洁的雪莲花只在冰山开放
你看我左右逢源　花枝乱颤
以为我百分之百水性
我与水有关　但绝不水性
我化水为血　努力涂抹花的颜色
在刺骨的寒冷深处　在无人企及的高度
流泪　颤抖　优美地沉默
只是你俯视的眼光　无缘摘下
真正的雪莲花

（原载《长江文艺》2007 年第 6 期）

与沈园擦肩而过

一手摇着百折扇
一手扶着乌篷船
将江南游成一幅清澈的水墨画

却没有深入沈园内心

指示牌按剑不动
知道那个方向就是沈园
一片树叶翻过来　又覆过去
将阳光颤抖着过滤到眼帘下
青青的相思树没有开出粉红色花

与沈园擦肩而过
在陆放翁遗世的眷恋中沸腾
在鲁迅　茅盾现实的批判中冷却
将人生　活成一行行饱满的诗句
爱　是藏在诗中不能单行的韵脚

（原载《宋朝以来的爱情》）

距离产生美

我说　距离产生美
我说这话是站着说的
站着说话不腰疼
只有睡着了　只有梦着了
只有在梦中惊醒了　我才说
距离产生美　同时产生痛
这时我是真真切切痛着
我说痛的时候　旁边没有人听

一个人悄悄痛着　翻来覆去　十指倒扣
痛出一种泪　像窗外的雨点

（原载《诗刊》2008 年第 12 期）

余书林的诗（1首）

余书林，男，1958年10月出生于湖北潜江浩口镇狮子桥村。现居潜江。

砖的辩护

也许是天地的主宰
也许是神灵的恩赐
生命和灾难一道降临
我不得而知之

大概是先天性的臭名
我生来只能砌粪池
不能享受阳光的沐浴
不能享受华丽的粉饰
只有任凭蛆蝇的欺侮
只有任凭屎尿的侵蚀

于是乎，我极力为我辩护
何惧尔，有人骂我凶残放肆
倘将我砌进高楼大厦

我同样能有顶天立地之志
倘将我砌进桥梁闸室
我同样能有降龙伏虎之势

我不相信天地的主宰
我不相信神灵的恩赐
但我深信造物主的人类
他有摆弄万物的权职

（原载 1990 年《中华诗声报》）

黄旭升的诗 〔3首〕

黄旭升，男，1963年5月出生于湖北潜江渔洋镇快岭村三岔河。现居荆门。

一张豆皮的诞生

在许许多多这样平凡的清晨
我总是善于将城郊
雾霭和炊烟之下的豆腐坊
与我邻居的印刷工厂相提并论

这是一沓沓带布纹的名片
或者纸垛。被抽去了豆筋的身体
匍匐于发霉的豆渣之上
而在流水线的一端，简陋的磨坊里
毛驴蒙着双眼，围着磨眼打转，它
蹩足的脚步，奔向
永远也达不到的目的地

一张软弱的豆皮就这样诞生
它脱胎于一百粒干脆的黄豆

如今，它的脾气比豆干温和，比豆浆硬朗
中庸的豆皮，一页页无字的书
是整个城郊忙碌的合订本

同样是这样的清晨
赶在太阳还未抵达之前。赶在城市
干燥的柏油路面还未皲裂之前
在印刷厂门前的早点摊
我将一碗豆浆和一根油条囫囵吞下
然后走进菜市，抚摸这湿润的页码
仿佛抚摸城郊柔软的皮肤

蝴蝶飞走了

蝴蝶飞走了，从一朵野菊花的身边
我不知道它的性别，它顺着
小溪的方向，振动着翅膀

在飞走的前夜，浏河岛秋风送爽
蝴蝶坐在花朵上，我坐在草坪上
面向城池，身后是弥漫着昏暗路灯的夜色
不远处，月光在舞蹈，与蝴蝶对峙
交谈，它迅速的成熟衬托出我的缓慢衰老

"我始终回忆那一刻对它来说的幸福"
我曾用手隔着空气的湿度抚摸过蝴蝶

它安静，像一个尚未羽化的虫蛹
呼吸的心脏，穿过潮湿的田野敲打我的耳膜
仿佛我们从没见过，却又那么熟悉
正如我们熟悉彼此相同的血液，在不同的地方奔涌
生命，不因为路过，才存在于心中

蝴蝶终究还是飞走了，我不能靠近它
更不能捕捉它，对于一个绚丽的标本
就这样与我的眼睛和想象错过
明年它还会飞回来吗？我想会的
只是飞回来的蝴蝶不是属于我的那一只

时间的刻度

时间的刻度在一本印刷品里来来往往
我断章取义，也找不到你返回的迹象
从一座城市到它毗邻的城市
从模糊的异乡到清晰的故乡
为使一句谎言演变成一句动听的诺言
这次，你真的要回到我为你筑起的蜂巢

你随铁轨蛇行，行囊中的指甲油和口红慢慢醒来
我在你的下游，用蛀牙咀嚼一块口香糖
然后寻找一截裸露的铁轨
供我俯下身来，聆听你的跫音

我远远地看到车厢在晃动
火车时刻表很快在一瞬间疲乏
直到全部失灵

（以上选自作者博客）

马波的诗（3首）

马波，男，1963年1月出生于湖北潜江浩口镇。现居潜江。

黑蝴蝶

你煽动着那双黑色的翅膀
从平原的尽头翩翩地飞来
在七月花粉淡薄的秋天
寻找墨菊的馨香

那块没有篱笆的园圃
长满了斑驳的树影
一群可爱的男孩聚集树下
看你漂亮的翻飞

我坐在园圃的边缘
想象你滑翔的双翅
在晚霞将尽的黄昏
栖息于我的梦乡

生命的旅历

那一刻晚景肃穆
我无法破译你的密码
你的耐读的目光
是八月天空哗变的云块
游离的图像
使我的联想陷于迟钝

也许不该有那次多情的回眸
春三月恼人的布谷朝朝啼血
那是一种怎样的诱惑啊
有如你十五岁渴望的远征

梅雨季依然令我怀想
那次难忘的邂逅
花伞下的雨帘淅淅沥沥
你递给我一枚酸涩的橄榄
如一支往日的谑曲
在钢轨四面伸展的车站
你毅然地去了南方

我无从寻找那份慰藉
只祈望橄榄枝漫过屋脊
在每一个白鸽翱翔的早晨

梳理你放飞的诗绪

雨　中

雨帘模糊着
四月的天空蔓延着忧郁
晦暗的色彩
让许多人无法适应

我茫然地伫立于窗前
看远方朦胧的雨雾
风景朦胧着
心也随之朦胧

如藤蔓一样爬行的忧伤
渐渐地覆盖了眼眸
前途泥泞着
花雨伞遮盖了行进的视线
看不到明亮的前景
也看不透阴霾的天空

有个人独自徘徊于雨中
没有搭讪的路人

　　（以上选自作者博客）

王春平的诗 （3首）

王春平，男，1963年2月出生于湖北潜江张金镇。现居潜江。

油菜花儿开

油菜花儿开了
童年的记忆也在春天绽放

还记得吗
在春风染绿的小河旁
一只蝴蝶把我们引入油菜花海
还记得吗
当我捉住蝴蝶送给你时
你用极认真的口吻
说的一句极天真的话

油菜花儿又开了
童年和少年都飞走了
只有那只蝴蝶

还时常飞进我的梦乡

（原载《黑龙江青年》1985年第2期）

春天去北京

我去北京有两种方式
从空中降落或者
从陆地抵达

飞临北京上空
我会以俯瞰的姿势接近
这座被称为首都的城市
我看见那些拥挤得像火柴盒一样的建筑和
像火柴棍一样的道路
即使划一根火柴
也无法把我的激情点燃

坐高铁从江汉平原出发
在三月，我只能看到越来越淡的绿和
越来越淡的春意
当然还有越来越高的建筑
挡住了我的视线

无论是坐飞机还是坐火车
进入北京

我都会探望窗外的天空

是否又有雾霾

如果有

我就要戴起口罩

如果没有

到了北京

我的呼吸也会变得谨慎

（原载《长江》丛刊 2014 年第 8 期）

握　手

领导伸出手来

大家急忙伸出双手

紧紧相握

领导挨个——握手

轮到他时

他却将手缩到身后

领导伸出的手僵在空中

不好意思

我手上很脏

您来时我正在干活

领导僵在空中的手重重地拍在他肩上

并且记住了他的名字
那些握过手的人
领导一个也没记住

（原载《新诗想》2014 第 4 期）

王本伦的诗（3 首）

王本伦，男，1963 年 12 月出生于湖北潜江龙湾镇沱口管理区。现居潜江。

黄河壶口

我从天外而来　像一只猿猴
穿过跃动的彩虹
倒挂在壶口

脚板之上　沉雷轰响　野马奔腾
一如自由的疆土
头顶下　苍穹深不可测
亿万年前的冷月闪烁万古苍凉
天地归于宁静

壶口　是沉默高原的子宫
我以婴儿的姿态　弓卧于母体之中
高昂的龙鞭　一记清脆裂开黄土
河水喷涌而出
湿漉漉鲜活的生命　跳跃

诞生在壶口的浪花之中

一堆火　燃烧了千万年
紫色的岩石
放射出人类的智慧之光
大地在移动
一团火球　从壶口飞向天外

（原载《新文学》2011 年第 19 期）

坐在九千米的高度

我的思念
安静地坐在九千米的高度
雪莲花　开在云海之上
只看你一眼
就飘栖在我落寞的湿地

那些吻的印痕和泪珠
都留在一片花瓣上
记忆流动着暗香
松动土壤和血脉
给尘封的灵魂　清嗓透光

淡忘或不淡忘　忧伤或不忧伤
像一首朦胧的诗

一如吮乳喃喃

有些梦是很大胆的
但终究是梦

朵朵流云倒行
这会儿　我就在你的上空
给我片刻安宁
在思念垂直回到地面之前
将记忆碎片束成　一枚火红

（原载《大文豪》2011 年第 5 期）

躺在黑夜的根部

黑夜的根落在江汉平原
躺在她的根部　我的姿态
闭上眼比睁开眼看得更透更亮

隐忍　结满了厚茧
信念的灰面里揉进坚持
一个又一个的煎饼
叠加　一个又一个的脚印
集成半个世纪的春秋

细腰美女　弦歌不绝

终究是烟飞灰灭

市井撑开天空

悬挂着一把把倒挂的利钩

冬天的风　听一听都能闻到阴冷的味道

过往烟云　一杯变色的茶影

今夕何年？最冷一天过去

便是春风杨柳

水草　在绵软的汉江里左右流动

我的呼吸很轻　顺着水流的方向

一串串　直达夜的灵魂

夜的根部收起　上升

轻轻的　身体充盈

一些断断续续的年代　该模糊的都要模糊

一些大大小小的事物　该省略的都要省略

温度在上升　念想已站在花墙之上

透明　清亮

（原载2013年"想象空间"博客）

丁武健的诗（2首）

丁武健，男，1962 年 2 月出生于广东惠阳，祖籍河南邓州。现居潜江。

敲 门

每天
总要去敲一些形形色色的门
开启或不开启
总让人欣喜或沮丧
应答或不应答
总在脑际里徘徊

徘徊的手掌
时时举不起来
迟疑之间
早有人从侧门走了进去
原来　敲得开的
终究会打开
敲不开的

永远关闭

（原载《星星》诗刊 2004 年第 11 期）

抬　头

一路上
抬头　再抬头
寻找到顶的希望

每一次抬头
就画出每一个问号
问号的阶弟伸向天际

最后一个戎功的抬头
终于触摸到山的顶端
问号成了身后碎了的阳光

百次千回的抬头
换来的是
下山时百次千回的低头

（原载《星星》诗刊 2004 年第 12 期）

孙超群的诗（4首）

孙超群，男，1966年7月出生于黑龙江大庆，就职于江汉油田。现居潜江。

钻　工

井位被别人设计
道路由此延伸
你别无选择
只能从一个井场搬到
另一个井场

头低下
腰弯下
钻杆在手中伸出
向下
成为唯一的方向

声音在轰鸣声中喑哑
目光在无垠的原野夭折
风雨中

156

只有钻塔上的灯光
勉强透出存在的生命

嚼碎坚硬的岩石
咽下咸涩的泥浆
石油被挤压出来的时候
你安详地躺在铁皮房
如一头忠实的牛

（原载《诗刊》2004 年第 5 期）

黄土高坡

脚下是黄土，头上也是黄土。
远望不见草木，这么多黄色
把坡上的羊群挤得很疼，很瘦。

向前挖个洞，是一个窑洞，
躲在里面冬暖夏凉，无论刮风下雪，
都能够保持一颗恒温的心。

向下挖，挖一个坑，便成为墓穴。
哪里黄土不埋人，这里埋葬着
走不出黄土地的人，祖坟挨着祖坟。

脸朝黄土背朝天一辈子，

一辈子只翻一次身，在死后——
面向蓝天，当一回土地的主人。

（原载《星星》诗刊 2011 年第 12 期）

手与手

一扇门打开，一扇门关闭
睡眠　忽明忽暗
根本做不成梦

一扇门久立成墙
一扇门仁立十字街头
残缺的墙角　一半是诱惑
一半是险恶

一扇门关闭，一扇门打开
走出去是风
走进来是雨
两片苍老的竹席日渐
枯瘦如枝

盘根错节的季节
便永远为墙　封闭一个世界
亮出一个世界

（原载《湖北青年》1990 年第 4 期）

石油与石油之间

石油与石油之间
留下很长的路
使我始终有信心
活着
走完全程

石油荡漾我的船
我的脚掌就有一种温暖
我健康地活着
如一棵远离城市的树
深沉而柔情。
使我认定
自己是被石油充满的人

我站立起来
我竖起石油
我已和石油保持一种感情
并且
产生燃烧的欲望

（原载《芳草》1999 年第 9 期）

关伯煜的诗（3 首）

关伯煜，男，1970 年 2 月出生于湖北潜江竹根滩镇。现居潜江。

另一种思绪

此时此刻为我而生的是谁
此时此刻面我而泣的是谁
此时此刻面我而笑的是谁

爱我的心在昨天黎明纷纷枯萎
我接到讣告已是小城的黄昏
流浪的眼光无法沉淀哀痛
我爬上五楼正有风搁浅往事
红纱巾的一角被吹褶成一首
冻僵的小诗

我俯下身的时候
发现羽毛球正被一对男女甩成心
抛来抛去

（原载《中国朦胧诗纯情诗多解辞典》）

160

旅　行

黑暗中又有人唱那首歌

他每喊一声

我的记忆

就加深一分

那年我抵达丽江

端坐酒吧

想想一些老去的故事

露出暧昧的笑容

其实一次旅行

代表了生命的全部历程

（原载 2006 年 7 月《潜江日报》）

戒　指

时间的抚摸

往事的浸泡

戴在左手小指上的戒指

常常被我左手扔掉

右手又捡回来

多少岁月斜流

我一直回味

一米之外的　芳香
和金属质地的圈套

这个雨夜
探访一枚失去颜色的戒指
抚摸它冰凉的肌肤

戴上时指头隐隐地痛
取下时指头陷入沉默

（原载《雷雨文学》2012 年秋季号）

工兵的诗（3首）

工兵，本名廖功兵，男，1978年12月出生于湖北潜江周矶镇芰芭村。现居潜江。

秋 天

在一个岔道口
我正斜倚在摩托车上
和几个人讲着话
一转身
我看见对面的
一棵梧桐树上
叶子在向下掉
树在轻轻地摇动
它右边的叶子
一片一片落下来
就像一双双看不见的手
在把它们轻轻地
摘下来一样
这是多么好的景致啊
我转过身，说
快把我的摄像机拿来

但我只是徒劳地
慌张了一下
摄像机还在家里
还很远
我转过身去
另一边的叶子
也开始向下掉了
一下两片
一下十片
一下二十片
一下一下
很快，树上就干净了
现在只剩下枝条
在风中摇来摇去

旅途中的人都是有故事的人

"想我了不?"
车近终点
旁边的女孩
开始删除手机里的短信
受她的影响
后座的男人
也掏出了手机
5 月 4 日下午 3 点
在开往驻马店的客车上

我数了数
埋头删除短信的人
有 12 个

新　的

新的号码，只有两个人知道
新的发型，根根向上
新的皮夹，使你看上去不再臃肿
新的裤子，发出沙沙的摩擦声
而新的皮鞋，则让你步履轻盈
下一步几乎就要
飞起来，脱离地面
身体内部的细胞水分充足
上下通畅
并将你的脸照亮
你从十字路口经过
听见内心的笑声
哦，神
好日子仿佛就在前面
就是眼前的
阳光、车辆和行人
每个物体
都待在它们
应该待的地方

（以上选自作者博客）

丁香结的诗 （2 首）

丁香结，女，本名郑家英，1963 年出生于湖北潜江渔洋镇。现居潜江。

梦里水乡

1

那些回不去的月光
化作烟水　覆盖
曾经的沧海和桑田
重置河流　湖泊
和日夜不停咏唱的小溪

倒影的天上　就这样
成为人间　成为
我的梦里水乡

2

流水声外　蛙鸣
是最早的前奏　阡陌上

花朵应声而出　开成
水乡搬不动的彩云

碧空吐出远影
杨柳守住的不仅是河流
还有水乡的魂

3

由一滴水
深入到一朵莲
你就探访到了一个水乡人
干净纯朴的内心

烟雨过后　水乡出浴
它饱满清新的肌肤上
可以载下
所有美好的词汇

4

河流
养活了村庄
村庄
养活了我

我用一生

养活了一首歌

歌词

画出了一尾鱼的轨迹

（原载《长江丛刊》2014 年 8 月）

与哥书

哥哥　我忘了前世

忘了今世要守候的人

怀抱一纸薄薄的誓言

饮风雨　过独木桥

我必须走过这长长的红尘路后

才能回到最初

哥哥　我命犯桃花

三月一来　我就失语

为躲避三月的潮湿

我将自己折了又折

直到你找到我　将我

栽进你八百亩田地的一角

哥哥　三月已经拥有了自己的传奇

我们只能站在故事之外

说一些旧时光里的小碎片

用诙谐填补大段的空白

这多好　　就像你宽大的手掌
我再也不会掉进三月的陷阱

哥哥　　更多的时候
我都像你门前树上的那只喜鹊
不停地唱着赞歌　　为你提到嫂子时
眼中飘过的大朵幸福
而我虚构的天堂里　　不再有神仙
只剩下一对小小的鸳鸯

哥哥　　我离你有多近
就离世外桃源有多近
大片大片的油菜花　　小麦苗
都宠着我　　只是我固执的忧伤
总在半夜醒来　　久久
不肯离去

（原载《山东诗人》2013 年 2 月）

陈恳的诗（5首）

陈恳，男，1970 年出生于湖北潜江浩口镇。现居宜昌。

城里鸟

不懂鸟语，也辨不准鸟的种类
从声音听，应有画眉、麻雀、斑鸠
它们如此热衷开会，热衷
热烈的讨论
那只立于对面楼顶的鸟
不偏不倚，站在楼道的正中间
应是首领。它懂得
制高，走中间路线
聒噪，应是城市户口
这其实不难理解。它们
在城市生活得太久了
难免沾染一些城里的鸟毛病

我的请求

时光先生：

170

请把我退回母体

退到母亲排出卵子之前

退回父亲尿在墙上的液体

退回转世之前的那个物种

四条腿，或者两条腿　有翼

若无翼，请勿直立行走

长骨头，非圈养

无奴性，能自由呼吸……

如果不能退回

请把我装进时间加速器

同父母一道老去

闯入会场的乌鸦

局务会。一只乌鸦从半敞的窗户闯入

它东飞西撞，但看不出惊恐

它不断点头摇头，像有许多话要说

局长停下来，让我把它轰走

我把它逼到墙角，欲带它回家，让它做我儿子的玩偶

可我想了想自己，还是放它走了

接下来会议继续。我不断听到鸟声

轮到我发言，一张嘴，"哇——哇——"

差点惊掉我的下巴

母亲在大街行走

母亲携带房子在大街行走
那是我住过的最小的房子

母亲携带河流在大街行走
那是我饮过的最甜的河水

母亲携带鲜花在大街行走
那是我见过的最美的花儿

母亲携带光阴在大街行走
那是我尝过的最苦的光阴……

怀念一个现场

被楚园春，或者白云边带到现场
被小龙虾，或者剁椒鱼头带到现场
被赞美，或者怀疑，或者不屑带到现场
被风，或者雨，或者雷，或者闪电带到现场
被群山，或者溪流，或者蝴蝶，或者车菊草带到现场
被阳光，或者黑暗，或者孤独，或者忧郁带到现场
舞之蹈之
歌之咏之
哀之叹之

（以上原载《新诗想诗刊》）

172

金国莲的诗（3首）

金国莲，女，1960年代中期出生于湖北潜江运粮湖农场。现居潜江。

梦　春

似梦似醒，在春天
你游戏成瘾，忘了一枚月儿望着你
你有多久没数过天上的星星
前尘网事，纷纷扬扬
时常出没，一如烟花绽放
你依然迷恋，纵恒是清醒
屏幕止步于你的眼睛
你无力自拔，形影迷离
成梦

伤　春

莫名的不安，比如现在
阳光一直追逐
从曹禺祖居追到故乡原野

我不敢掉以轻心
杨柳依依菜花儿黄黄
她们会迷了我的眼
我必须小心提防
那短暂的黑，突围而上
成伤

怀 春

春天一来，天也暖花也开
我想到了你，在沙漠戈壁滩
那地方的风儿冷
那地方经常有恐怖袭击和暴乱
八千里路云和月
这个春天不会回来了
你看啦，花如海天空好辽阔
花好月圆，千帆过尽
成双

（以上原载《辽河》2014 年第 10 期）

周从磊的诗（2首）

周从磊，男，1970 年 10 月出生于湖北潜江竹根滩镇董滩八姓湾村。现居潜江。

西藏的节日

我在等雁石坪杯影交斛之时。
我在等唐古拉六月的大雪。
我在等沉默的牧人、沱沱河和黑牦牛的蹄声。

我在等各拉丹冬温暖的哈达。
我在等日喀则怀抱里绽放五朵金花的爱情。
我在等墨竹工卡的晨曦。

我在等雅鲁藏布盛情的邀请。
我在等冈底斯糌粑。
我在等普兰的夜色和格桑老人的青稞酒。
我在等喜马拉雅独当一面的胸膛。

我在等拉萨上空经幡艳云飘浮。
我在等嘉黎以她耀眼的才华将群峰再塑。

我在等曲松鹰隼神性的归隐。
我在等西藏迎来新的节日。

青　稞

要我陶醉的总是你，青稞
青春的宛如我守在北方疯长的众姐妹。

刚赴过成年之约的姐妹！红太阳一族：
无限风光着青藏高原的山山水水
世界屋脊，你正轻描淡写的矜持。

你用摇铃声声送远的家园不在身边；
你用信念噬咬黑夜的雪豹不在身边；
你消逝的诸多歌手、你用音乐和灯蕊草叶
焚烧的欢乐不在身边；你浪漫的生命苦旅
不在身边；你用安宁梳妆打扮的每一个早晨。

要我陶醉人的总是你，青稞
面对飞翔中的美，你如此炫目
而你拒绝用我的华年做那诗歌的标本。

（以上原载《西藏文学》2000 年第 6 期）

周忠义的诗 （3首）

周忠义，男，1962年4月出生于湖北潜江熊口镇李场村。现居潜江。

古陶片

无意之中　我们在田野上
发现了你　仅仅一小片
但考古专家　就引领我们
沿着你陶文的脉络
找到了一群击节而歌的先民

简单的器皿　简陋的部落
年年岁岁　狩猎　捕鱼　采撷野果
相依为命的季节里
一种抗争命运的呼唤　还响在历史
慢慢的长河岸

野性的欲望
如粗粝的阳光打磨原始的山冈
用枝叶或粗麻遮羞的爱情

穿越岁月的风寒
直达现实的歌唱

洗净　修复一件陶器
如凝合一段祖先的创伤
那伸手可触的陶纹上
仿佛又荡起远古醇如美酒的水
映照出先祖表情生动的脸庞

（原载 2002.5.8《潜江日报》）

零点，车队驶过村庄

慢点，慢点，再慢点
不要惊动了老乡的梦
零点，车队驶过村庄

快点，快点，再快点
这是心底的呼唤
马达开到最小
照明只用小灯
零点，车队驶过村庄

导弹在装填车上沉默着
发射架在伪装网里掩藏
车队，一支庞大的车队

悄悄驶过村庄

当雄鸡啼出东方的曙光
村道驮起农家一天幸福的繁忙
而此时在海边凛冽的寒风中
我们的导弹兵们
正紧张地拉开钢铁的天网

（原载 1991 年 8 月 17 日《空军报》）

路

由远祖的四足轻点而出
延伸于历史与现实之间
名字永远写在脚下
坎坷的经历
本身就蕴含着哲理

一根根线
用生命作梭
织成大地光怪的网络

颜色黑黑黄黄
腰身粗粗细细
驮风　驮雨
驮辚辚车轮

驮一个个时代的兴衰
你该是一条条敏感的神经
忍受痛苦的颤栗
感应腾飞的欢欣
什么也不曾说
什么也都说了
真正的路在荒原

（原载 1990 年第三期济南《黄河诗报》）

砚浓的诗（4首）

砚浓，本名刘时浓，男，1968年9月出生于湖北潜江周矶镇茭芭村。现居潜江。

油菜花的悲哀

三月的乡村
油菜花铺天盖地，引出
多少明亮、金黄的希冀

而今五月方半
人们正四处焚烧菜梗
阴霾如伤情笼罩
不时有尘垢飘落到衣襟
再一次铺天盖地的
那是当初的油菜花
已成骨灰

选 择

—— 纪念 5. 12

无法左右季节更替
你必能寻到我的足迹
无法左右叶落花谢
我坐下来，为你写诗
把热烈与永恒，揉进文字

无法左右天沉地陷
甚至无法选择逃离
当村庄被连根拔起
我们相拥而泣。接下来
重新耕种，期待
废墟上的田野，返青

（以上原载《长江丛刊》2014 年第 8 期）

蝉，不是禅

蝉，躲在树荫里，失声痛哭
知了——知了——
我想问问它：究竟知道什么了
是不是在地下潜心修炼的几年里
参透了什么玄机

然而，蝉，不是禅
不过是一只虫子

（原载《雷雨文学》2015 春季号）

陶醉在芬芳之外
——写在黄明山《棉花不是花》之后

棉花不是花
"第二次开放
是在结果之后
没有芬芳
却比芬芳更要令人陶醉"

棉花不是花
这让我想到　母亲
用纳鞋底的针　拨灯花
那时的我并不近视　在油灯下
挨着母亲　写作业

棉花不是花
这让我想到　父亲
扶犁把锹的手　结满茧花
从背后握住我的手　写毛笔字
这样子一撇　这样子一捺

183

带儿子见过棉花真正的花

慢慢有些明白　棉花不是花

可是他弄不清灯花　茧花

是怎样的不是花的花

（原载《雷雨文学》2015 春季号）

朱明安的诗 （2首）

朱明安，男，1962 年 12 月出生于湖北潜江熊口农场西湾湖。现居潜江。

洗黄麻的老人

本可以随儿子去享尽做父亲的安然
本可以沿小河去钓来做爷爷的闲悠
他不呢，一双套不住的大手
总有热土漫着的挽留
满头白霜压不折老壮的骨骼
绽满小溪的生命之水
潮汐般将慵倦飘走
陈旧的希望击散了新鲜的忧愁
让血脉奔涌得更快些吧
那是秋天壮阔的洪流

洗吧，把短促的光阴
在碧流中漆刷成绚丽的彩虹
洗吧，把发酵的生活
在清水里濯净理成白绸

洗　呵　洗

洗亮黎明　洗亮乡村　洗亮歌喉

然后上岸　把丝丝缕缕的寄托　晾在绳上

晾去杂念　晾去水分　晾得诚实

当夕阳把平原染成金色

收获吧，收获白银更收获金秋

哦，洗黄麻的老人

平原上一座正直的塑像

屹立起来　用不着蹩足画师俗不可耐地雕镂

（原载《湖北日报》1986 年 8 月）

平原男子汉

大平原属于我们的胸膛

我们伏在上面　把所有的芳菲吸进肺腔

大平原属于我们的双手

我们捧着他的精英

把所有的春华嵌进希望

大平原属于我们的两脚

我们踩着他的奉献

把所有的秋实融进思想

辽阔而诚实的大平原呵

你的坦荡造就我们

造就我们的宽容与宏量

你的温暖赐给我们

赐给我们以多情和善良

它的无私教导我们

教导我们慷慨地奉献自己的一切

忙碌的日子　我们属于田野属于热烈

属于汗雨中的豪放

悠闲的日子　我们属于舞池属于节奏

属于书卷里的思想

啊，平原的男子汉

我们的秋天是多色味的浓醇的果浆与金风塑酿

秋天的人生灿灿烂烂

秋天的道路不通向死亡

我们播种　我们收获

手上的秋天　是我们深深的思索

脚下的秋天　是我们拳拳的向往

（原载《荆州日报》1987 年 9 月）

袁厚凯的诗 （1 首）

袁厚凯，男，1957 年 8 月出生于湖北潜江积玉口镇幺河村。现居潜江。

假如我在湖边遇见你
——写在七夕节

假如我在湖边遇见你，
我会从一朵荷花里，
悄悄地探出头来。
那散落于荷叶上的露珠，
都是我心上，
念你时的悠悠梵语，
我轻轻抬眉，
把望你的目光，
潜进我迎风的绿袖，
一寸一寸地，
与痛延长。
延长到，我思念你的地方。
那么绵长，连岁月也彷徨。
我与我的花靠近，

秦时明月，汉时泪光，
还有唐时晚风，
宋时苍茫，
都看着我，
跌落在你的轮回里，
兀自成殇。

假如我在湖边遇见你，
我会把我的暗香，
缠绕在白云上，
它投下的影子，
也会被我的思念，
湿润了翅膀。
彩霞易散，
那余晖，那斜阳，
却在我的睫上，凝露成霜。
凝眸之间，时光泛黄。

假如我在湖边遇见你，
绿色的原风景，
便入了我梦的故乡。
而那不变的思念，
落于眉弯上，
一场夜雨不期而至，
随同我的泪，
跌落正在微笑的

荷……

（原载《湖北诗词》2015 年第 2 期）

陈建军的诗（5首）

陈建军，男，1960 年代出生于湖北潜江张金镇。现居北京。

表　述

硝烟一直未能远离我们
受伤的孩子们
一批又一批被枪支轮换
存在的辉煌与留下的英明
同时间失去联系
而胜利最终是一场背道而驰的逃亡

果皮的包藏
时常撕破我们的约定
许多善良的尺度
释放了一群疯狂的猎手
它们本身却应该受到日复一日的审判

我们需要什么
我们最终应该剖于什么

面对便是一种诱惑
每一种切肤之痛
都直逼伸手可及的核心
与它再度产生新的距离

谁能同止渴的水交谈
抵达一个痛饮的高度
谁就粉碎了狭隘的器皿
把物象展现得通体透明

既然这样：那么
我们如何逃离随之而来的忧伤

杯中所剩

透明。呈现局部的存在
我们时常在杯子的光亮中自以为是
以水为证：
任何一种合理的想象
也只是靠近真实的本质
谁能比体验本身更为真切

存在是孤立的
宽容的杯子收藏了我们的思想
我感受的是你所描述的
我憧憬的是你所把守的

像糖溶入水中，把花移入花盆
是谁打着珍惜的幌子
将我们深刻地伤害
又培养我们逐渐习以为常的目光

如果一杯水就能满足你甜美的梦想
将你投入蜜罐
你会不会痛哭失声——

真正的幸福呀，是对幸福来临前的忧伤

注视：丰富的色彩

那个在花园中走矢的孩子
再也没有回来
我是如此难以承受
在整篮子的词汇中
你即使经过精心挑选
也是对她的离去
看得轻巧、过于厗浅

高贵的阳光
洗开一路音容
就像一场无声的小雨
将满塘的荷花点燃
众多的人不忍离云

但最终逃走
众多的人乘风归去
又踏浪而来
唯有你：享有福祉却伸出暗夜之手

那个在花园中走失的孩子
再也不能回来

我漠视你巨大的沉默　或者更重
欲望一旦行动
和闪电之后出现惊雷一样
暗夜之手最终会提起暗藏的刀子

如果把围观的栅栏打开
你还是否无动于衷？

亭　下

我坐在这里已经等得太久
把果酒剩在有些深度的杯子里
我想象着这种状态：
一只杯子剩下这个亭子的寿命
就像一些动物的骨架被摆在展厅
它们此时得以安宁

这是多么漫长

我不能多发一言
即使一滴清洁的雨水
也足以搅动杯子的存在

我只能一次注满这只杯子
这只杯子虽然有些深度
它可以剩下这个亭子的寿命
我和这个亭子一直在这里等待

我还能说些什么呢
随后的时间里
我和你对坐亭中

印度洋海啸

打马过山冈
你拧碎我的骨头
道路阻且长
没有人知道
远方还有多远

随意的颠覆
就是一个小小阴谋
就像被按入水中的头颅
泯灭的香烟没有眼泪
除了漂浮的一缕轻烟

思念不可能对任何人做出妥协

就在昨天夜里
报道说海啸的阵痛还在疯长
受伤的生命最终失去生命
被强行隔离的瘾君子
他的面孔模糊　更加凶残

是的　一切将归于平静
呐喊的器皿形同无辜的小丑
甚至比小丑更丑
天堂和地狱只有一种声音
早已是非不清

帷幕落下后
又一次死神的化妆开始掩盖
而我受惊的白马却在回头怒吼：
谁想用数字的敲打来警示灵魂
谁就是我可耻的敌人

　　（以上选自作者博客）

关爱斌的诗 〔3 首〕

关爱斌，男，1969 年出生于湖北潜江竹根滩镇群爱村五组。现居广东。

放风筝

春风鼓荡起来
风筝起航
展开例行的巡弋
春雨提前洗蓝天空
铺开素净的画布
一幅水彩画等待定稿
人们手中的长线
将它反复修改

晒太阳

嫩绿的大地之上
春阳放牧
久困的人们

蠢蠢欲动的四肢
和毛孔
慢慢打开
摄入三月的光照
及绿色素

我受春阳蛊惑
褪下衣衫
这并不表示
我对粉嘟嘟的春光
心存轻薄

串门子

春雷在头顶上
敲边鼓
你从春梦中苏醒
起身开门
春风不相待
它侧身挤了进来
登堂入室

你反主为客
走出门
进入春光的领地

（以上原载《雷雨文学》2015春季号）

黄发彬的诗（2 首）

黄发彬，男，1960 年代初期出生于湖北潜江高场原种场。现居潜江。

农民的春天

肩上扛的是太阳
脚下踩的是春天
手里捏的是诗意

太阳播种春天
绿色的诗意
才会在田野里
——地铺展开来

炊　烟

根在肥沃的原野里
枝繁叶貌
挺直起腰杆
给想象插上鹰的翅膀

凌云的壮志

才会抒发在

天与地之间

（以上原载《雷雨文学》2012年冬季号）

彭江浩的诗（4首）

彭江浩，女，1970年出生于湖北潜江熊口镇。现居黄石。

冰川世纪

就在那时候的人
诧异
预想中的温暖
为何迟迟不来的时候
他们闻到了寒冷的浓烈气息

夏天里积雪覆盖的厚土
不能使人遗忘
果实无处可寻
一个接一个的人
形销骨立地从山峰丛林奔波下来

高山的谷地的
不同的声音抢夺那仅有的绿色
鲜血染红了贫瘠的土地

幸存的强者向森林逃亡
无声无息
停滞在他不知道的时间里

冰块缓慢集结
白天越来越短
最后那巨大的白色阴影
霍然坍塌
冰块石块轰隆隆裹挟而下
树木被劈成四散的碎片
还没来得及叫喊
生命戛然而止

没完没了的雪
没完没了地下
哪里才是可以生存的家园
哪里才有温暖的阳光？

　　2014.3.17

别

三杯两盏淡酒
晕染初夏的寂寞
拉长的身影，树叶婆娑
刚结束的话题

是永远没有尽头的过去
众人送别
绵长如两旁的灯火
也成了回忆

2015.4

家园之祭

这样经过了多少年
依然走不出你的注视
你那情人般关切
情人般幽怨的注视啊
爬满我日渐苍老的发

浪迹天涯的四处漂泊
悄然回首
迷蒙中涌现的
总是你那苍白的面容
和同样苍白的微笑
（你就这样伴我天涯吗）

我是你井沿边光滑的石板
我是田野里吹落的那朵蒲公英
杨柳依依的池畔小径

我和你携手走过
大雪纷飞的时节
你我今在何方

祖居的青苔漫上了高大的屋顶
共同嬉戏的那小竹林
如今可是孤独的沉默者
摇碎那一缕缕失落的月光
小镇的石巷啊
踩响悠长悠长的归思

归去来兮归去来兮
一声声叮咛
在心野里飞扬，飞扬，
逃不脱你的幻影
我一遍遍登上古老的高楼
背影是朝向你的忠诚

在你幻化的那片黄昏下
我是如此美丽
终于能够
与你含泪而望啊

（原载 1990 年《湖北师范学院报》）

江 岸

货船空荡荡
安静地泊着
日复一日的故事
老渔夫的号子
已捕捉不了余音的足迹

当落日从青黛的山头
喘息而来
疲倦地寻找自己的归宿
江岸上
一切都在此中散碎

（原载《东川文艺》1991 年第 1 期）

彭振林的诗（1首）

彭振林，男，1965年1月出生于湖北潜江总口农场。现居潜江。

拾稻穗的小女孩

那是一个秋阳下的晌午
在下乡的路上
我看到
乡间窄窄的田埂上
走来一位拾稻穗的小女孩

我知道　在收获的季节
收割后的田地里会有失落
失落的是零星的稻谷
弯下腰　拾吧
拾起这些零星的收获
拾来父母宽心的笑容
失落不掉的
是庄稼人勤俭的习俗

啊　拾稻穗的小女孩
深深懂得庄稼人辛苦的小女孩
继承了父辈俭朴的小女孩
在我的眼里
你就是一幅完美的图画和一道永恒的风景
——纯朴　美丽　动人

（原载2013.5《潜江日报》）

曹代柏的诗（5首）

曹代柏，男，1960 年代出生于湖北潜江熊口镇贡土村。现居成都。

蝴蝶之舞

在我内心深处的季节里
在这个秋天
成群成群的蝴蝶
歇落到我手上
瞬间染成了满手的金黄

谎　言

春天第一次开口就是一个惊雷
一个惊天动地的谎言
初春的萌动
忘记了从严冬而来的语词
在闪电开花之前
激荡在万物的脉管中
到处讲述那个关于春天的故事

自由意志

面对这个事物
你要做出选择
犹如一块神圣的界碑
要么跨过去
要么不跨

枫叶红

我要在每片枫叶上写首短诗
记念这片枫叶红
在生命结束之前的灿烂
记录这个秋天
记录这一片片
浓烈的山火燃烧起来的缘由

上帝的结

上帝开了一个很大的玩笑
在人呱呱落地的那一刻
脐带就被天使剪断了
并打了一个死死的结
从此就和母体失去了联系
我们穷尽一生

都是为了努力地将它解开

（以上选自作者博客）

鄢来刚的诗 (4首)

鄢来刚，男，1958 年 3 月出生于湖北潜江渔洋镇鄢岭。现居潜江。

画在手心的字

你的食指
在我手心
一丝不苟

必须凭感觉
那是
什么样的三个字

明明知道
却皱着眉头
猜想

一遍
又一遍……
横竖撇捺点

每一画
感觉一分甜美
每一画
享受一股温存

终于
你有些扫兴
"笨蛋，我画的是……"

飞也似的
我把嘴唇
抛到你的嘴唇上
生怕你
说出来

（原载《芳草》2004 年第 10 期）

花　伞

你让我如孔雀开屏
展现生命的辉煌　你走后
我把潮湿的心晾干收藏

蘑　菇

人间有风雨

生命
构成伞的姿势

金耳环

两句悄悄话
携带 99.999 的纯真
轻轻贴在你耳根

（以上原载《中国微型诗 300 首》）

鄢来贵的诗（2 首）

鄢来贵，男，1963 年 5 月生于湖北潜江熊口新桥村。现居潜江。

守望一枝梅

花开的那一刹那
暗香汹涌而至
撩拨了几多春的心思

仰望天空　迎风而舞
万千红尘与我相遇
一半是缘分　一半是孤寂

终有一天　我将无力拾起你的美丽
此刻　让我痴痴的守望
铭记每一朵花蕊的笑颜

（原载红袖添香网 2013 年 3 月）

生 命

让赞美之歌从感恩唱响
血肉之躯是母亲赐予我的礼物
每一片肌肤跳跃着叮嘱的音符

灾难和痛苦如影随行
有多少不可承受之重
别怕，没有什么比生命更顽强

不要在轮回中丢失自己
爱或不爱都没有来生
此生此时，你才是唯一

（原载红袖添香网 2012 年 8 月）

215

张秉正的诗（5 首）

张秉正，男，1964 年 7 月生于安徽颍上，就职于江汉油田。现居潜江。

长　夜

这夜　一种微亮的边沿

在哪

越过窗棂　草虫的叫

破碎的罐　幼儿的眼睛

逆水行舟的苦难

如此　一枚巨大的头颅独自支撑

不相信　花朵灿烂地微笑着

泛出食人的毒液

那些工具从哪里来

黑匣子里你简介着姓名

白色的面具　犯罪的时刻从容不迫

盗窃唯一的财产

干　多少次这样呼唤

却带来反抗的苦难

石头上的流水　蝴蝶飞翔的样式

还有这风　窗户外侵犯着

明年的这一天　又要下雨　已是常规

身后死去的朋友　用灵魂

继续对话　别说高傲

感知这世界处处都是敌人

默默地举起手来　发下誓言

也相信这一天总会出现

爱不起来　从相见的瞬间

就像老妪　晃晃悠悠的躯壳

走动的吊桶

　　（原载《长江文艺》）

圣　杯

我怎么突然间爱上了那盏空杯

那盏透明玲珑而易碎的静物

光子孤独痛苦地扩散

穿透解体的魔方如纷乱的家庭

夜的眼窝里站着漆黑的礁石

在野性的荒原上开放不败的孤独

一个种族不可思议地用石头与金属

铸造奇异辉煌的远古
面对整个如水的人类　悲叹圣域
相信生与死一样
时刻充满做人的自觉

从一扇门到一扇门
真实而可恶

眼前的面壁早已褪色
在回忆的静水中
你的眼睛如矿石般悠久

那一声敲门安逸于等待之中
足下之土让你彷徨和宁静
海如凄凉的老人喋喋不休地发泄空虚
如此小心　哪怕你是一盏圣杯
在这年头

（原载新加坡《五月诗刊》）

雨　夜

这是怎样的雨夜啊

平原上的列车　在一枚雪亮的铡刀
挥下来的瞬间　越逃越远

隐隐的雷声震撼着黑暗中的心灵

窗上那些破旧的报纸　摆来摆去
仿佛是一张老妪的脸　时隐时现

这样的雨夜
远处那一道大堤是否溃烂

（原载作者诗集《头盔里的月亮》）

黄昏抑或开钻时刻

黄昏之井场静谧而广阔
男人们耸立着默然如雕群

大平原缓慢地生长起来
古老的河流自上而下
面容被似是而非地叠加起来
心境有一种不可名状的感受
脚手架隐退于荒原之上
一只遗失的手套孤独地
在一排蓝色的钻杆间躺着

又该是一个多雨的季节了
雨季中的男人们猜度着酒量
一丝夕光从塔顶之上斜射而来

漆黑的眼窝储满动情的泪光
又有谁临窗而奏那一首《命运》
散落的音符在渴望中浸泡
刹把之唱针在钻工手中轻轻颤动
面对一枚唱片那般的博大而辉煌

想象之中有一首旋律破土而出
粗糙的眼睛横渡一条岁月之河流
黄昏时刻　开钻时刻
短促之母体开满遐想的花朵

红纱巾在钻头上匆匆打了个结
生与死便在它的五指间轻轻划过

静夜　三叶虫破梦而来

宁静之纱幔天光明亮
三叶虫在破碎的岩页上游弋起来
随静夜　破梦而来
蔚蓝的记忆只在
赭色的光环中定格
蠕动的巨响溶进
那一滴最简单的眼泪
在苦难的海水中游曳抑或爬行
都有孤寂之花盛开

唯一明亮的是你的眼睛

注视生存与死亡的紫烟

最单纯的活着难免有些孤寂

亘古的阳光总是使你

欣喜或者哭泣

那是一根最薄脆的骨骼

支撑偌大如梦的臆想

直至呼吸在火焰中窒息

直至生命被无数次晾晒

又被缓缓地淤积

三叶虫又一次在

蓝色的岩页上安然睡去

纪念之光辉于赭色的脊背上

渐——次——退——去

（以上原载《诗刊》2004 年第 9 期）

杨秩斌的诗 （1首）

杨秩斌，男，1962年1月出生于湖北潜江浩口镇洪宋乡红星村。现居潜江。

沙　漠

一张砂纸
打磨着日出

风　吹动着暗
吹动着
四个裂变的方向

沉淀下来的苍茫
在帮助你
洞察过去
或者找回丢失的自己

（原载《诗潮》2003年5-6期）

小桥的诗（2首）

小桥，本名李芬，女，1976 年 8 月生于湖北应城汤池。现居潜江。

远 行

远行
只是因为
无法支配自己的精神
便把希望寄托在身体和行动上
远行
只是为了让躯体与灵魂
进行分离

（原载《雷雨文学》2015.3）

路 口

我一次又一次
一个人站在路口
不知道向南还是向北

不知道前行还是停滞

我不喜欢

这样子的孤独

就算走错了

也没有人叫你回头

（原载《雷雨文学》2015.3）

林紫的诗（2首）

林紫，原名刘江林，男，1968 年正月出生于仙桃毛嘴镇刘台村四组，长期在潜江红旗码头工作。现居外地。

野　菊

那是一种怎样的灿烂

午后，在汉江的堤脚边
一丛一丛的野菊花
含着阳光的金色
那花瓣是从古瓷上剪出来的
柔韧，纤细，暗藏宝剑的剑气

无际的衰草与落叶是那么悲凉

在一朵野菊里我畅饮长风
从它清幽的脚步声里
我看到了我的余生

（原载 2014 年 12 月 7 日《诗歌周刊》第 138 期）

225

我身体里有两个隧道

在崇山峻岭间
列车穿过一个隧道
又一个隧道
惊觉
自己的体内
也有两个隧道
列车从我的左眼
呼啸而过
又向我的右眼
疾驰而来
我大张着嘴巴
把列车通过我身体时的快感
喊了出来

（原载 2015 年 1 月 13 日 "新诗典"）

王宇的诗（2 首）

王宇，男，1974 年 3 月出生于湖北潜江张金镇化家湖村。现居潜江。

初冬，沿城东河漫步

沿岸的杉林
已然红透，飘散
霜寒入骨的岑寂
暮色未合，夕阳尚好，月在东升
有人垂钓，远处池塘
有鸟翔集
我们漫不经心
几缕暮光悄然淌入镜头
天地浑朴如钟，没人敲响
一丛芦苇，静静看着
动车呼啸而过

（原载 2014 年 12 月《潜江日报》）

走在汉江边上

左边是流水，右边是滩田
江岸崩如绝壁
我小心翼翼
看岁月无声
一块块崩落

春日依旧和暖
滩田依旧葱绿
儿子点燃蓬蓬野草
和火光一起跳跃

长眠在田地的祖先
静静看着我们
就如我静静
看着他们一样

（原载 2009 年 2 月《潜江日报》）

王华的诗（2首）

王华，男，1980年12月出生于湖北潜江熊口镇青年村。现居潜江。

弈　者

寒冷的视线
凝滞的时间
楚河汉界，泾渭分明
胜，或者败
只在一念之间

横车、立马、飞炮
踏着敌人的尸首
我跨刀而来
锋利，精准，霸道
冷峻的眼神中闪过
一道绿色的芒

弈者，杀气
源于心中的斗志

我不是高手

只是勇往直前的小兵

宁可粉身碎骨

亦决不后退

（原载《雷雨文学》2013 年秋季刊）

决裂背后

如果你离去

就剩下我一人

风中，一个孤独的影子

向天，漠然注视

是否眼里也流露昨日的悲喜

季节的流逝

和人一样，谁能挽留？

尘缘里的往事

或许只是一个梦

那些痕迹

不过是来回之间匆忙的足音

必定会在远去的时光中

杳无音讯

曾经的相遇

被遗忘在尘世以外

听风声清幽

一曲浪漫的音调

流转的眼神

为什么能读懂那么多的表情

如果只是一场梦

那就相忘于江湖

青春会老，繁华也会褪色

决裂背后，我心独舞

身后，灿若死水……

（原载 2012 年 9 月《潜江日报》）

彭家洪的诗 （5 首）

彭家洪，男，1973 年 4 月生于湖北潜江棉花原种场和平村（现泰丰办事处青龙沟村）。现居潜江。

露水上的村庄

首先想到的，是一滴露水
一片湖。还有湖中盛开的
莲。水草。鸭子。
和结满湖畔的
炊烟。老牛。红砖青瓦。
农人们走在节气中
平凡的歌唱

六月麦子
十月高粱
西风一吹
果园就香了
谁家的蝉声未熄
谁家俊俏的小妹
独自对窗，将对门的情哥哥

唤作新郎

远方的游子对星空垂泪
而母亲长长的思念啊
燃在熟悉的桥头
瘦瘦地望

心中的一滴露水，就是
故乡的一片湖
我清清亮亮的村庄
就开在那滴晶莹的露水上

（原载《青年月报》1994 年 6 月号）

田埂上坐着几个人

我是在回乡的路上
看见田埂上坐着几个人
四个或者五个
他们表情模糊，田野辽阔
夕阳看得眼睛通红

那个嗓门最大的，我听出
是隔壁王富贵的声音
打工刚回来，我想他一定
又赚了一小笔

挥舞着长长的胳臂和大手的
我的二叔，他的话
和他的砖瓦厂一样冒着烟雾
高个子李伯一边站起来
一边扯把青草
去追赶他的老黄牛
年纪最长的，抽着旱烟
张伯伯，和村子的黄昏一起
沉默不语

我逐渐走近，他们
次第散开
我看清了，还有一个
是我的父亲

（原载《南方周末》2005 年 5 月 26 日）

刘静庵

刘静庵死了，在监狱里。
1911 年阴历 5 月 18 日
年仅 36 岁的湖北人刘静庵
终身未娶的潜江人刘静庵
拳拳孝心的梅嘴人刘静庵
死了。在模范监狱
日知会总干事刘静庵

被诬告为哥老会首领刘家运的刘静庵

铮铮铁骨的潜江汉子刘静庵

意志坚定的辛亥革命先驱刘静庵

1400 多次的藤条鞭笞

1400 多次的血肉横飞

没能改变你"铁血军"的气节

"几回梦里回家去，

拜见阿爹和阿娘。"

看见骨瘦如柴的你

母亲的悲伤，从宣统三年

一直传递过来

天空用雷电

说出了内心的愤怒

（原载《长江文艺》2011 年 9 月）

雨后清晨，过百里长渠得句

一边是长渠路，一边是笔架山路

清晨六时五十分。两条路上的空气

被昨夜的雨水洗濯

清新，干净

路旁的丛林已经修剪成圆柱或球

蝈蝈和蟋蟀们住在里面，发出低矮的歌唱

白的，红的，黄的，几朵

不知道名字的花

从睡梦中探出慵懒的脸

石榴树陆续结果，小小的红果

让人怜爱

一只蜻蜓倒挂其上

几棵高大的柳梢，时不时地

落下清脆的鸟鸣

百里长渠的河水似乎还未被叫醒

身上依然披着昨晚的夜色

它只顾吃力地缓慢流淌

哦，一切多么宁静

清理河坡的老人，镰刀对准杂草

他正在删除这个早晨

多余的部分

骑绿色电动车，花裙子的小姑娘

让粗糙的路面

开出细细的水花

（选自作者诗集《在潜江》）

清晨记

回到故乡也就回到少年

时过境迁，我仍然保持

少年的习惯

每天清晨，早早把露水唤醒

顺着蛙声的方向寻找

昨夜小弟布下的渔网

又能收获几只小鱼还是龙虾？

我看见他的身影，渐渐模糊

仿佛少年的我

小路边的狗尾草刚抽完穗

伸直了脖子，在晨风里

很轻薄地炫耀

上进的芝麻，一夜未见

竟然又在头顶上

绽放了几朵

如雪的小喇叭

平静的河面上，秋雾笼罩

一枝孤单的荷花

使劲散发着余香

两只水鸟在水草中隐藏

它们一只脚紧紧地抓住水草

另一只脚伸进水的记忆里

我没有看见早年的爱人

我只看见了逐渐变蓝的天空

和越来越亮的晨曦

（原载《绿风》诗刊 2015 年 2 期）

李昌鹏的诗 (5首)

李昌鹏，男，1970年代末出生于湖北潜江周矶农场红旗四队。现居北京。

马畅来信

毕业多年，马畅来信
提到一个陌生的地方：到处都
是槐树——他们生活的地方，马畅说
那个爱吃零食的马桂枝
现在已经腆着大肚子

紧接着，他另起一行
是沉痛的笔调：王琪琪死了
我的目光在那行停了几秒钟
琪琪曾经是我们的校花，我又看到
她阳光中飘动黄底碎蓝花裙子

马畅说，现在他每天看着
变幻的槐树影子，说
时间转眼就过去了

太阳独自在空中滚动
他说他想着我们

（原载《诗刊》（下半月刊）2002 年第 2 期）

看见它们的多

你知道它们的名字吗，它们那么细小
屑碎，它们拥有的形状
颜色紫、蓝、黄、红、白。它们是那么多
为什么篱笆上有，洼地里也有，湿坡上
都那样具有闪动的打开，不因为细小就停止
猛烈的力量召唤它们，不管明天是否阴雨
听从着一个秘密的号令，来到并离开
湿坡上、洼地里、篱笆上，保持宁静吧
思考是多余的，一朵细小的花
它们从不考虑，明年大地上
你依然可以看见，一些细小的花
踩着时针的节拍走到眼前

（原载《诗刊》（下半月刊）2006 年第 7 期）

海和狮子

在岸滩边伏着，一只狮子
它，睡着了，鼻息深重沉闷
我在深圳野生动物园，看见一只睡着的

狮子；在南澳金沙湾那是中午

沙砾灼热；海，睡着懒觉

海和狮子它们都睡着

在不同的时间和地方，我看见它们的安静

这两者，被我写到一起，它们各自没有意义

它们通过了我，会合在一起

告诉我什么，又要告诉你什么

它们还是不是海和狮子

在我身体里，保持着两个词语的光泽

海；狮子

两个不同的概念，两个符号

（原载《江河文学》2007 年第 1 期）

骑马下乡

我去一个小村子。我曾在那里待过许多年

我想骑着马去，拜访它——

用马蹄子叩响安静的水泥路面，用马的嘴

叼路边的嫩草，饮用沟渠的清水

此去需要耗掉白天和夜晚，我是慢慢去的

去过以后我会清楚记得去路弯曲，以及

草的长势。此去的遥远，得花费脚力

走到唐朝或者建安年间的乡村。我在马脊上颠簸

马身上的铁甲和我腰间的长刀渐渐清晰

我待过的那个小村子在前方，越来越苍茫

（原载《星星》2007 年第 9 期）

白纸黑字

凌晨三点，从梦里出来
你感到饥饿，童年中断了
在以夜晚为开始的今日凌晨
微波炉让汉堡把汉堡变热
你啃着食物，以写——
制造另一个梦境，来迎接黎明
在这该继续沉睡，做梦的时间
你惊讶于一天有两个夜晚
它们被白昼远远隔开
光明，让你想起汉堡中的火腿
它被面包夹在中间
你是一个同时吞下光明与黑暗
的人。如同一架搅拌机
让一切混杂。时光如碎玻璃
搭建了你，这个虚构的人
当太阳升起，奔波者
折射着散乱的光线。这是我们
看不见的。肉体的短暂阴影
那只是身体内的部分黑暗
你把它，变成白纸上的黑字

（原载《清明》2013 年第 6 期）

黍不语的诗（5首）

黍不语，女，1981年9月出生于湖北潜江渔洋镇从家村。现居潜江。

少 年

我不曾见你少年。
我不曾怀着心事把你
重重来爱少年。
我不曾在柳树下仰望把清
风捎给你少年。
我不曾把白云和脚印塞进
你的背包少年。
我不曾站在小路的
尽头等你少年。
我不曾在你面前老去。少年。

在梦里我曾轻轻哭泣

多么幸福。昨夜的梦里
有人拿大好年华

与我相爱。有人以身冒险
赐我中年的伤痕
与羞辱

有人在月下轻拍海浪
有人往森林寻觅虎影

所有的面孔陌生正清晰
我回到乡下，在父母面前
痛陈哭泣

那个一生跟着月亮
走丢了的孩子

多么幸福。在梦里——

我是悲伤的我。羞耻的我
爱恨的我

我是老年的我。少年的我
现在的我

我为这么多的我，在黎明
到来时，止不住
轻轻哭泣

（以上原载《人民文学》2014 年第 6 期）

我们都是曾经爱过的人

那时候天蓝，云白。河流弯弯。三千里路遥
横冲直撞闯入东荆河，仍是清冽冽好身子

那时候树木高大，野草萋萋。凤眼莲离开水面
金色夕光袅袅婷婷。亦步亦趋

有懂事的秋风适时吹过。白云不讲理由，呼啦啦
抛下凡心。棉花有了恰到好处的包裹，与渗透

我们谈起我们的身后。抽丝剥绒
没有一个国家可以安置

没有一块土地可供来年发芽。棉花与白云
地面和空中，无法忍受的诗句彼此逃窜

无法更改的温柔，在动荡中注入更大的空虚
他们说白白白。他们说逝者如斯。夫复何求

我没有什么话说。如果我有什么话
白云飘飘。棉花白白。我们都是曾经爱过的人

我需要这样爱着一个人

他也许很老，但足够温柔
也许长居远方，但说见
就能见。

多数时候，我们只在文字里
爱得
死去活来。

我们偶尔写诗。偶尔
爱上多才多情的诗人。也偶尔
被别人爱。

我们对每一个被对方赞美过的异性
心存敌意与醋味。而后分别被时间
和自己说服。

我们偶尔也烦厌，生闷气
在对方面前和别人调笑
为写诗发愁。

当他再写不出好诗的时候
我跟他说，去吧
去和别人相爱

狠狠地爱。

我需要这样爱着一个人
不断地，反复地悲痛，幸福
热泪和欢笑。

以此安抚，和延续我
短且执拗的一生

意　外

现在我要告诉你的，一次意外之旅
在黄昏，火车把平原一分为二
我看见了那朵云
停在右窗的左上方
被电线杆不断地迅速穿割，又迅速还原
始终停在，窗子的上方
我终于受不住，这样执着的缥缈之美。呆望着
就这样呆望着
错过了故乡，和时间
当我在异地的夜色下，重新开始一段
多出来的旅途
一段完全相反的旅途
那朵不知去向的云，竟让我有隐秘的担忧
与欢喜

我几乎就要怀疑这意外
我几乎就要爱上他

（以上原载《中国诗歌》）

灰狗的诗（5首）

灰狗，本名倪江，男，1991 年 12 月出生于湖北潜江高
场原种场，现居武汉。

每个人都有理由手舞足蹈

初春，在南山
一个鱼做得比较好的饭馆
我跟狗子靠门坐着
有一搭没一搭地聊
具体聊什么已经忘了
反正情绪不是很高
天黑得有一点冷
酒只喝了一点就喝不了了
那时候吕航还没来
我觉得困顿，靠在玻璃窗上
点了一根烟，看着我们后面的一桌人
那么多人吃饭
也没发出什么声音
许多只手在桌上灵敏地挥动
在酒精的作用下
显得热烈而亢奋

像是生活的光芒，此刻
正洒在他们身上

白箱子

在阳光照耀的大街上
有一只箱子
从我的角度看去
能看到三个面
是白色的
看不见的三个面
冲着北和东
也是白色的
剩下一面
紧贴在地上，毋庸置疑
它也是白色的
它可能有一点脏

岛

      ——给《岛诗歌》

内古斯特死了
虞波也死了
这不是关于意义的争论
一个莫名其妙
另一个意外溺水

表达

像是扭曲的图像

烙铁上的鲜花

我头脑恍惚，额头上渗着冷汗

这是缺乏睡眠的结果

但我还不打算躺下

四处游荡

坐在马路边上抽烟

路灯昏暗

它们亮着，只是一种存在

就像

人群是人群

天空是天空

没有一丝你可以抓住的东西

岛

穷极无聊，自由而危险

它漂浮在狄奥尼索斯的葡萄花环上

那就待着吧

说不清楚是一种什么样的心情

三个男人在屋里抽烟

其中一个出去了

买了一瓶啤酒进来

倒在三个纸杯里

坐在里面的两个人

刘丁在打电话
还有一个是我
无事可干
和出去买酒之前的彪彪
坐在床边发愣
架子上的鱼缸里
有一只乌龟
外面已经很黑了
这很好
我们还要出去
等一通电话打完
等楼上的房客回来
等指针越过十二点
还等什么
具体等什么呢
这种状态很难说得明白

有一天

有一天，在公交车上
你抱着我
车摇晃时
我们就一起摇晃
车厢里塞满了夜晚
疲惫、匆忙的气息
我们有短暂的时间

告别或者亲吻

只在这短暂的时间里

我肯定你属于我

外面下着雨

你有些踌躇，游离

不一定是下雨的关系

我想，一定是某种疼痛提醒了你

有一天

我们在大雁塔

买了两根红绳

戴在手腕上

一个有你的名字

一个有我的名字

我们都觉得有点无聊

但是挺开心

在松树下的躺椅上

你不停地吃零食

不停地说话

以前有一对情侣

因为丢了纪念物分手

那时候我们都不知道

以后会发生的事

你说，好神奇啊

（以上原载《雷雨文学》2015 春季号）

252

路人丁的诗 (5首)

路人丁，本名丁文俊，女，1997年3月出生于湖北潜江龙湾镇。现在扬州某校就学。

疯　子

一个疯子在奔跑

狂奔　跳跃　绞尽脑汁

像一只燃烧的火炬

用来自春天的呐喊

作为养料

企图撑开人们的眼睛

茁壮的火呀

狠命地要榨干他

这样一个盲人

可怜地

鼓动了热的声势

好在他穿上了一层皮

以及几件衣服

于是人们谈着天调着笑

无视地从他身边走过了

悲伤与饕餮

它来临像夏雨
滋长并丰沛
揭示了
作为女性的毫无章法
它与我下体的血同出一源
都无法被精准地被计算
概率？
你有多少升关于悲伤的气体？
不　我没有气体
我有大量的食物
作为代替品
但它们同时暴露出我的秘密
一个漩涡
在体内连接另一个空洞
我因此失去节制
平躺着高耸的腹部
依然像太平洋那条最深的海沟
我不能发声
不能说出哀怨的短音节词
悲伤　痛苦
都不能
我低下头猛吃着企图填充自己
畏惧别人认为我矫情

像畏惧暴露一个可怖的疤痕

致老贺

那时我们刚刚发育
你的肥胖使一切更为凸显
在回家途中歇息的石桥上
我看见你受惊地推开了
一个陌生的猥琐男人覆在胸上的手
后来你留在了改组了的卑贱的小学
里面都是农民工和穷人的孩子
有男孩嘲笑你脸上的坑点和雀斑
你又推开了他们捏你屁股的手
再后来我们各归家乡　不曾再见
去年我又重回了那座无情的大口
看见你家居住的破烂小楼紧闭
我匆匆而过
阳台上并没有晾着少女的衣裳
大概后来你忙于推开更多的手
在另一座城市逼仄的胃里

大工厂

一些人忙于觅食
一些人忙于种植
一些人把死亡埋到地下

一些人负责交配和生产
在刻意的时段里
我所获的土地不足以
竖下写有生平的墓碑
就无法同一些人一起
进行劳作
于是我被愤怒地投入了刑房
烧毁
他们一并烧毁了真实的念头
教人要变为勤劳的人
去觅食　种植
杀人和产子
这是春天
所有人都怀有饥饿
目光炯炯
期盼前方

我的旷野

你在讲述一个久远的故事
如同星星放光
或者河流东去
久到我匍匐在你的膝上睡着
我睡在冬夜里的旷野
孤零零的小房子
亮着微弱的灯

那是你

我睡去了就不再醒来

梦的刀尖宰杀我如同野狗

而现在

是你留在有故事的夜晚

换下黑裙

和肮脏的眼镜

你去出卖身体和意识

或者乞讨

在破烂的街上

人们将你的碎裂踩在脚下

变成一摊污浊的雨水

和泥泞的路灯光

没有烟草

没有笔用来记录

只有烧喉咙的烈酒

喝下去就死

你也许买来给我

我的墓前

我的夜晚的旷野

如同伏着的温顺的巨兽

一口将你吞吃

在世间上

所有人都相爱的黑树林里

我们是最后的孤儿

一个死去

一个浑身填满了悲愁

（以上原载《南方文学》2014 年第 10 期）

编者的话

对于地域性的诗人以及诗歌，我们历来的主张是观察和学习。我们认为，每首诗歌都有其存在的逻辑，每个真正的诗人都有其让人遥不可及的地方。事实上，有关潜江的诗歌或者诗歌群体，我们始终关注并参与其间。

新时期以来，潜江诗歌与全国诗歌界同步，一起走过了三十多个春秋。上世纪八十年代，中国文学尤其是诗歌创作出现了前所未有的"井喷"现象。就潜江来讲，与全国各地一样，文学社团如雨后春笋般不断涌现，他们大都以群相聚，且各有自己的油印刊物。潜江文化馆编辑的《潜江文苑》，应该是当时唯一的一份官方领办的铅印文学小报。其他如同仁民刊《黑羽毛》《江汉雨》《新汉诗》等，一起成为诗歌爱好者展示诗歌作品的重要阵地。都说二十多岁是写诗的年龄，也就是说 60 后，成了那一时期诗歌爱好者的主体。从 60 后，到 70 后，随后接上趟的还有 80 后，90 后甚至 00 后，这就有了一个很好的传承，构成潜江地域性诗歌的一道道靓丽的风景线。

地域性诗歌，作为一种诗歌现象，涉及到对一个地域或者城市的解读。而解读一座城市是困难的，尤其是对故乡。原因很简单：一种情况是囿于偏见，一种情况是因为熟视而归于无睹。对故乡的解读，似乎在寻找某一种契机。这让我们得到一种经验：解读一个城市，最好从陌生开始。当你从异乡再次进入故乡时，你才有了一点点的发现。

潜江是一座明静的城市。不需说"水乡园林"的美誉由来已久，只看看那无处不有的杨、柳、竹、水杉，你就会相信这里是一个"绿色的王国"。不仅仅是这些，还有章华台、细腰女、花鼓戏、江汉油田、曹禺……潜江的内秀与潜质，深入到每一寸土地。具体到写作者本身，地域性的文字结构，是一种命运的羁绊。不过，这种羁绊，是一种痛苦并且幸福着的状态。很难想象一个人不喜欢自己的故乡。如果是那样，除了不堪一击的高贵，只有不可救药的卑微。喜欢故乡是不需要理由的。我们相信，没有一个不喜欢故乡的诗人，除非是伪诗人。故乡总在咫尺天涯外，让我们一遍遍认识，直到永远。

潜江是一座养育诗人的城市。八十年代以来，活跃在不同时期的作者数不胜数，要说诗人的名字，先后可以列出一大串。黄明山、让青、唐跃生、柳宗宣、梁文涛、龚纯（湖北青蛙）、魏理科（大头鸭鸭）、沉河、彭家洪、杨义祥、杨汉年、唐本年、吴位琼、朱振雷（秀夫）、柴安平、汪孝雄（雪鹰）、贺华中（佳北）、郭红云、关慧敏、朱明安、杨华仁、杨代林、鄢来刚、路漫、工兵、李昌鹏、黍不语等等，他们生活在不同的城市或者角落，却一直与诗歌为伴，与诗歌同行。2007年，"中国诗人曹禺故里行暨湖北·潜江端午诗会"文学采风活动迎来全国众多著名诗人云集潜江。有媒体称：潜江作为一个县级省直管市，诗人如此密集，创作质量如此均衡，这在全国都较为罕见，被称为诗歌界的"潜江现象"。

潜江是全国诗词之乡。编辑出版《潜江诗选》，是潜江诗歌界同仁的共同心愿，但由于种种原因而一度搁浅下来。为全面展现潜江诗歌的整体创作风貌，让更多的人了解潜江诗歌群体，同时为全省和全国评论界提供切实有效的研究文本和宝贵资料，编辑出版《潜江诗选》，其意义是不容置疑的。

《潜江诗选》所收录的作品为1980—2015年潜江籍和在潜工作的诗人创作并发表的现代诗歌代表作品。入选作品力求做到客观全面，反映潜江现代诗歌创作水平并兼顾到年代性。不厚名家，不薄新人，唯好诗是选，这是我们的编选原则。入选对象范围非常明了，潜江籍和在潜工作的所有诗歌作者，公开出版的刊物、诗集以及民刊、网络发表的诗歌作品均可入选。我们采取作者自荐、读者推荐，编委会初审，主编终审等方式，所选篇目希望尽可能反映潜江诗歌整体风貌。编辑体例大致以作者出生先后为序，同时兼顾写作的历史及现状，并无排名之意，在此一并说明。

经过近一年时间的辛勤工作，《潜江诗选》终于付梓出版了。在此，特别感谢中植文化传播湖北有限公司。另外，作为编者，最好的姿态，当然是静下心来，听大家说话。

编者

2016 年 1 月 12 日